KB091829

세른게이의
N회차 인생

세르게이의 N회차 인생

서해문집 청소년문학 029

초판 1쇄 발행 2024년 1월 10일

지은이 　이사교
펴낸이 　이영선

편집 　　이일규 김선정 김문정 김종훈 이민재 김영아 이현정
디자인 　김회량 위수연
독자본부 　김일신 정혜영 김연수 김민수 박정래 손미경 김동욱

펴낸곳 서해문집 | 출판등록 1989년 3월 16일(제406-2005-000047호)
주소 경기도 파주시 광인사길 217(파주출판도시)
전화 (031)955-7470 | 팩스 (031)955-7469
홈페이지 www.booksea.co.kr | 이메일 shmj21@hanmail.net

세르게이의 N회차 인생

이사교 장편소설

서해문집

차례

장국영
아저씨와

'문제적 인간'
세르게이

3주 전 오후, 유니에게 전화가 왔다. 여섯 달 만에 듣는 목소리였다. 진도에서 뭘 하고 있냐고 물으니, 유니는 공장에서 꼬막을 까고 있다고 대답했다. 실망스러웠다. 대단한 삶이라도 살고 있는가 싶었는데 꼬막이라니. 고작 꼬막이라니.

유니에게 전화가 걸려온 그날 아침, 나는 아빠와 함께 학교 상담실에 앉아 있었다. 쉰내 나고 지저분한 공장 점퍼를 입은 60대 노인네(우리 아빠다)가 담임에게 말했다.

"선생님, 제가 그 개… 그 자식들을 잡아서 혼을 내주러 왔습니다. 어디 있습니까?"

아빠는 나름 고상해 보이려고 노력하는 눈치였다. 하지만 쉽지 않아 보였다. 태생이 천하다 보니 그럴 만도 했다. 담임이 졸린 눈빛으로 아빠 옆에 앉은 나를 무표정하게 바라봤다.

"걔네가 얼굴 그렇게 해놓은 거니?"

보면 모르냐, 멍청아.

"아니요. 혼자 넘어졌어요."

내가 대답했다. 그러자 담임이 고개를 천천히 끄덕이며 아빠에게 말했다.

"아버님. 혼자 넘어졌다는데요."

아빠는 기가 찬 표정으로 담임을 물끄러미 바라보더니 입을 열었다.

"애 얼굴에 저렇게 큰 흉이 남았는데, 저게 넘어진 걸로 보여요?"

담임은 콧물을 크응 하고 들이마셔 목구멍 뒤로 넘겼다. 나는 반년 넘게 지켜봐온 담임을 통해 비염은 불치병이라는 사실을 깨달았다. 콧물을 삼킨 뒤라 한결 상쾌해진 표정의 담임이 내 볼의 상처를 지그시 바라봤다.

"누가 이렇게 했니, 미람아?"

나는 아무 대답도 하지 않았다. 얼른 이곳에서 나가기를 바랐을 뿐이다. 좁은 상담실이 어느새 아빠 냄새로 가득 찼기 때문이다. 나이 든 남자에게서 뿜어져 나오는 이 구린 냄새를 견딜 수가 없었다.

저 냄새는 어디에서 나오는 걸까? 아마도 내장일 것이다. 내장이란 것들이 인간의 육체 안에서 서서히 썩어가고 있어서 이런 냄새를 풍기는 게 분명했다. 나는 이 세상의 모든 '늙은 것들'이 싫다. 늙은 사람은 냄새가 나서 싫다. 늙은 개는 눈빛이 싫다. 늙은 개는 꼭 사람 같은 눈빛을 하고 있기 때문이다.

아빠가 내 팔을 들어 올리더니 옷소매를 끌어내렸다. 내 팔은 허공에서 거의 펄럭거리고 있었다. 아빠가 팔을 거칠게 흔들어댔기 때문이다.

"이거 보세요. 이거."

내 시꺼먼 팔 위에 그 아이들이 칼로 새겨놓은 '찌질이'라는 글자가 보였다. 딱지가 아물어가고 있었다. 다행이다. 며칠 후에 뜨거운 물로 목욕을 하면 딱지가 떨어져 나갈 것이고, 몇 번의 여름을 견디면, 그러니까 몇 해 지나면 그 상처는 있었는지도 모르게 사라질 것이다.

소란 피울 것 없다. 상처는 생기기 마련이고 곧 지워질 것이다. 썩은 내 나는 어른들은 잘 모르겠지만, 우리같이 야들야들한 몸을 가진 어린애들의 상처는 곧잘 지워진다.

"우리 미람이가 다문화가정 혼혈 아이라고, 엄마가 필리핀 사람이라고 지금 못된 애들이 괴롭히고 있는 것 아닙니까? 걔네 여기로 다 불러다주세요! 제가 알아서 할 테니까요!"

아빠가 담임에게 소리쳤다.

다문화가정? 웃기시네. 나는 저 '다문화'라는 말이 소름 끼치게 싫었다. 문화라고는 찾아볼 수 없는 집구석에 무슨 놈의 다문화인지. 그리고 금발 백인과 결혼한 사람들은 '다문화' 가정이라고 안 부르면서('국제결혼'이라고들 한다), 꼭 못 사는 나라 사람이랑 결혼한 사람들에게만 '다문화'라는 말을 붙이는 건지 이유를 모르겠다.

그때 교사라는 직업의 매너리즘에 찌들대로 찌든 다문화 가정 반 담임인 쿵쿵이(담임 별명이다)가 차분한 목소리로 말했다.

"아… 아버님이 알아서 하시겠습니까? 미람이가 말은 안 하지만 아마 얘네들이 그랬을 겁니다. 이 녀석들은 평소에도 문제가 많은 놈들이거든요."

담임은 메모지에 그 아이들의 이름을 하나하나 적었다. 아빠는 그런 담임을 말없이 바라보더니 가져온 쇼핑백에서 무언가를 주섬주섬 꺼냈다. 플라스틱 용기에 담긴 총각김치였다.

"선생님, 이거 저희 공장에서 만드는 김치입니다. 선생님 드리려고 챙겨왔습니다."

담임은 사양하는 기색도 없이 날름 김치 통을 받아 들었다.

"아휴, 뭐 이런 걸 다 주시고."

아빠는 상담실을 나오며 공허한 말을 던졌다.

"우리 미람이는 착하고 밝은 아이입니다. 친구들과도 사이 좋게 지내고요. 공부를 안 해서 그렇지 머리는 좋은데…. 하여간 선생님, 잘 좀 부탁드립니다.”

거짓말이다. 나는 머리가 좋지도, 착하지도, 밝지도 않고 친구도 없다. 나는 어둠을 선택했기 때문이다. 사실 엄밀히 말하자면 내 선택은 아니었지만 어쩌다 보니 그렇게 되었다. 나는 어둡고 뒤틀린 아이가 되었다. 나는 내가 이 어둠을 직접 선택한 것이라고 믿어야겠다고 나 자신을 설득했고, 어느 순간부터는 정말 그렇게 믿어졌다. 그러자 친구와 사이좋게 지내며 밝은 아이가 되는 게 과연 옳은 일일까 하는 의문이 들었다. 어두운 아이는 옳지 않은 걸까? 친구가 없으면 잘못된 걸까?

나는 아빠와 함께 상담실을 나와 집으로 향했다. 그 아이들, 그러니까 '평소에도 문제가 많은 놈들'은 교문 근처 골목에 오토바이를 세워놓고 나를, 정확히는 나와 아빠를 바라보고 있었다. 아빠와 함께 있는 모습을 들키다니. 쪽팔렸다. 이상하게도, 나에게 못되게 구는 건 저 아이들인데 나는 쟤네보다 아빠가 더 싫었다. 냄새 때문이었다. 쟤네들에게서는 적어도 쉰내는 안 났다. 아이들에게서는 담배 냄새와 화장품 냄새, 향수 냄새, 그리고 애기 냄새가 났다.

“아빠, 먼저 집에 가.”

나는 아빠를 버려두고 집 반대 방향으로 뛰어갔다. 나를 낄낄대며 비웃는 아이들의 웃음소리가 등 뒤에서 들렸는데, 그것이 진짜였는지 환청이었는지는 아직도 잘 모르겠다.

나는 몇 시간 동안 무작정 길거리를 떠돌았다. 그러다가 배가 고파져서 햄버거 가게로 들어갔다. 그런데 햄버거 세트를 사기엔 돈이 모자랐다. 나는 버거만 사느냐, 음료만 사느냐 하는 고민에 빠졌다. 배를 채우거나, 목을 축이거나 둘 중 하나만 할 수 있었다. 인생은 선택의 연속이라는 것을 이런 때 실감한다. 나는 불고기버거 단품 하나를 받아 들고 구석 테이블에 앉아 핸드폰을 만지작거렸다. 그때였다, 유니의 전화가 걸려온 것은. 모르는 번호여서 받을까 말까 고민하다가 딱히 할 일이 없어서 그냥 전화를 받았다.

"우리 딸, 잘 지냈어?"

유니의 목소리를 듣는 순간 머릿속의 혈관 하나가 뚝 끊어지는 느낌이 들었다. 화가 났다. 6개월 전 유니가 집을 나간 후 처음 듣는 목소리였다. 미안해하거나 걱정하는 기색 없이 그저 밝은, 오랜만에 친구에게 전화해서 안부를 묻는 것 같은 경쾌한 목소리.

미친년.

(난 엄마가 집을 나간 이후로 그 여자를 엄마라고 부르지 않고 '유니(윤희)'라고 부르고 있다. 윤희라는 이름은 엄마가 국제결혼회사에서 아

빠를 소개받고 필리핀을 떠나 한국으로 결혼하러 왔을 때 아빠가 지어 준 한국 이름이다. 결혼 당시 엄마는 열아홉 살, 아빠는 마흔여섯 살이 었다고 한다.)

나는 목소리를 낮게 깔고 아무렇지 않은 것처럼 대답했다.

"아, 왜."

"엄마가 부탁할 게 있어서. 들어줄 거지?"

톤이 군데군데 뒤틀리는 독특한 억양의 한국어로 유니가 말했다. 엄마라는 인간이 집 나간 지 반년 만에 전화해서 한 다는 말이 '부탁'이라니. 어처구니가 없었다. 그래도 들어는 보고 싶었다. 얼마나 꼴사나운 부탁을 할 것인지 말이다.

"뭔데."

"엄마 여권 좀 가져다줘. 엄마가 용돈 줄게. 많이 줄게. 엄 마는 지금 진도에 있어."

왜 여권을 가지고 오라는 건지 묻지 않았다. 이유야 뭐 뻔 한 게 아닌가. 가출. 여권. 비행기. 출국. 필리핀. 필리핀, 엄마 의 고향. 반년 만에 전화해서 고작 한다는 말이 여권을 가져 다달라는 거라니. 날 버리고 자기네 나라로 돌아갈 수 있게 도와달라는 거라니.

"미람아, 듣고 있어?"

나는 고민하다가 물었다.

"얼마 줄 건데?"

나는 집으로 돌아왔다. 아빠는 김치 공장에 갔는지 집에 없었다. 아빠가 없는 틈을 타 안방 서랍과 옷장을 뒤졌다. 하지만 유니의 자주색 필리핀 여권은 보이지 않았다. 아빠가 숨겨놓은 모양이었다. 아마도 공장 사무실에 숨겨놨을 거다. 나무꾼이 선녀의 날개옷을 숨겨놓듯 말이다.

아빠 몰래 언제 사무실을 털어야 할지 고민하고 있는데 때마침 아빠에게서 전화가 걸려왔다. 아빠는 묘하게 들뜬 목소리로 말했다.

"내일부터 학교 끝나면 교문 앞에 누가 서 있을 거야! 이제부터는 그 사람이랑 집에 같이 오면 돼. 알았지? 너 괴롭히는 애들 있으면 그 사람한테 말하고."

"누군데?"

아빠는 대답 없이 껄껄 웃기만 했다. 노인네, 또 뭔 개수작을 부려서 사람 쪽팔리게 만들려고 그러지?

다음 날, 수업이 끝나고 교문 밖으로 나오는데 누군가 등 뒤에서 나를 불러 세웠다.

"성미람. 안산고 3학년. 맞지?"

나는 뒤돌아서서 나를 부른 사람을 쳐다봤다. 키가 170센티 정도에 마른 체격을 가진, 까만 정장을 입은 30대 후반 정도의 남자였다.

"너희 아버지가 부탁하셨어. 앞으로 학교 밖에선 나랑 같

장국영 아저씨와 '문제적 인간' 세르게이

이 다니면 돼.”

나는 무표정한 얼굴의 남자를 물끄러미 보다가 말했다.

“아저씨, 장국영 닮았네요.”

남자가 순간 얼굴을 찡그렸다.

“…장국영?”

이 아저씨는 전설이 되어버린 홍콩 영화배우 '장국영'이 누군지 모르는 눈치였다. 저 나이 먹도록 장국영을 모르다니. 보나 마나 시시한 인생을 살아왔을 게 분명했다. 나는 이 아저씨한테는 철학적이고 어려운 질문보다는 시시하고 세속적인 질문을 해야겠다고 생각했다.

“아저씨 이런 일, 그러니까 보디가드 같은 일 얼마 받고 해요? 우리 아빠가 얼마 줘요?”

아저씨는 잠시 고민하다가 대답했다.

“일주일에 20만 원. 하루 네 시간 기준. 평일만.”

나는 속으로 셈을 해보고는 아저씨가 불쌍하다고 느꼈다. 일당을 계산해보니 최저시급 수준이었기 때문이다. 나는 아저씨의 몸을 훑어보고 물었다.

“아저씨 싸움 잘해요?”

아저씨는 다부진 표정으로 고개를 끄덕이더니 대답했다.

“깡패였거든. 싸움은 자신 있다. 내가 지켜줄게.”

'지켜줄게'라는 말이 느끼해서 한참을 웃었는데 아저씨는 내가 대체 왜 웃는지 모르는 눈치였다.

아저씨와 나는 집으로 향했다. 나는 이것저것 생각하느라 머릿속이 복잡했다. 그 생각들 대부분은 장국영을 닮은 이 아저씨에 대한 것이었다.

"아저씨, 근데 깡패들은 은퇴하고 뭐 해요? 아무리 그래도 깡패였는데, 일진들한테 맞고 다니는 필리핀 혼혈 여자애를 최저시급 받으면서 지켜주는 것보다 더 생산적인 일 할 수 있지 않아요?"

아저씨는 조금 감탄한 눈빛으로 나를 바라보더니 말했다.

"맞는 말이야. 그런데 내가 다른 일을 하기에는 사정이 있어서 말이지. 근데 네 볼에 상처 낸 애들은 어디 가면 만날 수 있니? 아저씨한테 말해볼래?"

나는 피식 웃으며 대답했다.

"왜요, 걔네 혼내주시게요?"

"뭐, 그럴 수도 있고 아닐 수도 있고. 네가 원하는 대로."

나는 잠시 생각에 잠겼다가 이렇게 물었다.

"죽여줄 수 있어요?"

남자는 내 말을 듣고도 표정이 변하지 않았다.

"그건 좀 곤란한데. 하지만 네가 당한 것의 두 배 정도는 되갚아줄 수 있어."

"제 볼에 난 상처의 두 배면 어느 정도인데요?"

남자는 잠시 생각에 잠겼다가 이렇게 말했다.

"견갑골 탈구."

장국영 아저씨와 '문제적 인간' 세르게이

견갑골이 어디에 있는 뼈인지는 몰랐지만 그 말이 그냥 웃겼다. 나는 낄낄대며 대답했다.

"제 피부가 하얘지지 않는 이상 괴롭힘은 끝나지 않을 거예요. 제 피에서 필리핀 유전자를 빼버리지 않는 이상 피부가 하얘질 일은 없을 테고요. 그리고 걔네는 영원히 그렇게 살 텐데요, 뭘. 꼭 제가 아니더라도 결국엔 다른 애를 괴롭혔을 거예요. 그냥… 그 아이들의 여정에 제가 잠깐 끼어들게 된 거예요. 걔네가 끼어든 게 아니라, '제'가 끼어든 거예요. 그런데요, 제 인생은요, 저는… 저는 괜찮아요."

그때, 아저씨가 희미한 미소를 지으며 나를 유심히 바라봤다. 이상하게도 아저씨의 눈은 슬퍼 보였다. 내가 불쌍한가? 나는 속으로 그런 아저씨를 비웃었다.

'그럴 필요 없어, 이 양반아. 나는 나만의 복수를 계획 중이니까.'

하지만 내 복수는 아이들을 향한 것이 아니었다. 나는 집 나간 유니를 향한 복수를 조용히 준비하고 있었다.

그날 이후 장국영 아저씨와 나는 하굣길을 함께했다. 우리를 보고 웅성거리는 아이들의 목소리가 등 뒤로 들려왔다.

"대박. 성미람, 보디가드랑 다녀!"

"아빠가 총각김치 팔아서 번 돈으로 보디가드 샀나 봐."

"야, 필리핀 가서 마누라도 사 오는 사람이 그깟 보디가드 못 구하겠냐?"

나는 상처 주변을 매만졌다.

"아저씨, 저 동사무소 사거리 쪽으로 가려고요."

아저씨는 고개를 끄덕였다.

"네가 가고 싶은 곳으로 가. 난 그냥 따라가면 되니까."

나는 동사무소 앞 번화가의 단골 화장품 가게에 가서 얼굴을 하얗게 톤업시켜주는 쿠션팩트 13호를 샀다. 나는 이 쿠션팩트를 바르지 않고서는 밖으로 나가지 않는다. 이 쿠션팩트가 단종된다면 이 화장품 회사 정문에 가서 1인 시위를 할거다.

이 쿠션팩트는 조금 과장을 섞어서 말하자면 내 영혼의 일부다. 나라는 사람의 정체성을 형성하는 물건 중 하나다, 이말이다. 이것 덕분에 지저분하게 까만 내 피부를 조금이나마 하얗게, 그것도 원래 내 피부인 양 자연스럽게 꾸밀 수 있기 때문이다.

내가 계산을 하고 가게를 나오자 아저씨는 급하게 담뱃불을 껐다.

"오래 걸릴 줄 알았는데. 여자들은 이런 곳 들어가면 한참 걸리더라고."

나는 그저 고개를 끄덕였다. 이것저것 설명하기 귀찮았다.

그때 내 입에서 불쑥 이런 말이 튀어나왔다.

"아저씨, 제 피부 많이 까매요?"

아저씨는 장국영을 닮은 슬픈 눈빛으로 나를 힐끔 쳐다보고는 곧바로 고개를 돌렸다. 그러더니 허공에 대고 이렇게 중얼거렸다.

"김치만두 한 판에 2000원이네. 먹고 갈래?"

그렇게 아저씨와 나는 매일 하굣길을 함께했다. 우리는 김치만두도 먹고 떡볶이도 먹고 닭강정도 먹었다. 아이스크림도 먹고 햄버거도 먹고 호떡도 먹었다. 돈은 모두 아저씨가 냈다.

나는 아저씨가 최저시급을 받는 사람이라는 사실을 문득 떠올린 날이면 일부러 싼 메뉴를 골랐다(항상 배가 고팠기 때문에 굳이 사양하진 않았다). 그게 내가 할 수 있는 최대한의 배려였다.

나는 아저씨가 먹는 모습을 곧잘 훔쳐보곤 했다. 음식이 나오면 허겁지겁 입에 밀어넣기 바쁜 나와 달리 아저씨는 얌전히 입을 오물거리며 품위 있게 음식을 먹었다. 아저씨는 입가에 음식을 묻히지도, 옷에 흘리지도 않았다. 쩝쩝 소리를 내지도 않았다.

나는 그런 아저씨를 보며 속으로 자주 감탄했다. 비록 깡패일지언정 쉰내 나고, 귀에서 털이 삐져나오고, 불쾌한 소리를 내며 밥을 먹는 우리 아빠와는 격이 달라 보였기 때문이다.

어쩌면 깡패는 식사 예절을 따로 배우는지도 몰랐다. 영화에서 보면 높은 자리에 있는 깡패들은 항상 비싼 양복을 입고 고급 식당에서 밥을 먹었기 때문이다. 밥을 먹다가 싸움이 나서 결국 테이블을 뒤엎어버리는 게 문제지만.

이따금 볼의 상처가 가려웠지만 나는 꾹 참고 상처에 손대지 않았다. 자꾸 만지면 흉이 질 거라고 피부과 의사가 말했기 때문이다. 내 귀에는 그 말이, '안 그래도 까매서 못생긴 얼굴에 흉까지 지면 큰일 나지'로 번역되어 들렸다. 얼굴에 흉터가 남으면 내 마법의 쿠션팩트로도 가리기 어려울 것 같았다. 어느 날부터인가는 가려움을 참기 위해 눈을 질끈 감는 버릇이 생겼다.

어느 날 내가 (그날도 눈을 질끈 감은 채였다) 아저씨에게 물었다.

"아저씨, 돈 받으면 사람도 때려줘요?"

아저씨는 잠시 고민하다가 대답했다.

"뭐, 대부분은. 헐값만 아니면."

내가 되물었다.

"그럼 우리 엄마 좀 때려줄 수 있어요? 지금 진도에 있어요. 집 나갔는데, 때려줄 수 있어요? 얼마면 돼요?"

장국영 아저씨와 '문제적 인간' 세르게이

아저씨는 아무 말 없이 긴 속눈썹이 달린 눈을 끔뻑거리며 그저 나를 쳐다보기만 했다.

다음 날 아저씨는 교문 앞에 나타나지 않았다. 나는 조금 당황했지만 아무렇지 않은 척 표정을 가다듬으며 혼자 집으로 향했다. 걸어가며 이런저런 생각을 했다.

왜 아저씨는 오지 않았을까?

어쩌면 보디가드 계약 기간이 끝났을지도 모른다. 어쩌면 아빠가 돈 보내주는 걸 깜빡해서 오지 않았을지도 모른다. 어쩌면 아저씨는 감기몸살에 걸렸는지도 모른다. 어쩌면 시급이 더 높은 일을 구했을지도 모른다. 어쩌면 아저씨는 오는 길에 트럭에 치여 지금쯤 반신불수가 됐을지도 모른다. 나는 다양한 가능성을 머릿속에 떠올려봤다.

어쩌면… 엄마를 때려달라는 내 부탁에 화가 났을지도 모른다. '나라는 사람에게 실망했을지도 모른다.' 이 가능성을 떠올렸을 때는 특히나 마음이 무거워졌다. 나는 아저씨에게 좋은 사람으로 보이고 싶었던 걸까?

이런 내 상상력이 결국 진부한 수준을 벗어나지 못했다는 것을 나는 다음 날에야 깨달았다. 아저씨는 여느 때처럼 슬픈 눈을 하고 교문 앞에 서 있었다. 어떤 할머니의 손을 붙든 채였다.

"우리 엄마야. 치매 환자. 치매 환자 지원 서비스라고, 나라에서 간병인을 하루에 네 시간씩 보내주는 게 있거든. 그래서 간병인이 있는 시간에 내가 나와서 일하고, 나머지 시간엔 집에서 엄마를 돌보고 있었어.

근데 어제 간병인 아주머니가 심장마비로 죽었다고 하더라고. 그래서 아무도 없는 집에 엄마를 두고 나올 수가 없었어. 엄마가 자꾸 집 밖으로 나가서 길을 헤매고 다니거든. 잃어버린 적이 몇 번 있었어. 아무튼, 어제 못 와서 미안해. 당분간은 엄마랑 같이 나와야 할 것 같아. 괜찮지?"

'괜찮지 않아요. 창피해요. 나는 늙은 사람이 싫어요. 그리고 저 할머니한테서 냄새나요'라고 말하고 싶었지만 꾹 참았다. 그리고 이렇게 대답했다.

"네."

그렇게 치매 걸린 140센티 정도의 작고, 쪼글쪼글하고, 하얗고, 말린 동태포 냄새가 나는 할머니와 장국영의 슬픈 눈을 한 채 최저시급을 받으며 일하는 전직 깡패 아저씨와 집 나간 엄마에게 은밀한 복수를 계획 중인 까만 피부의 필리핀 혼혈 고등학생인 나, 이렇게 셋은 영원히 하굣길을 함께했다, 죽을 때까지… 라고 말하고 싶지만 우리의 기묘한 하굣길 원정대는 일주일 후에 해산됐다. 아저씨가 사람을 죽였기 때문이다.

그날은 교문 앞에 할머니 홀로 서 있었다. 나는 놀라서 할머니에게 물었다.

"할머니, 아저씨는 어디 갔어요? 여기 혼자 어떻게 오셨어요?"

할머니는 침을 지익 흘리며 웃기만 했다. 그때 누군가 내 어깨를 툭 쳤다. 나는 얼굴을 찡그리며 옆을 돌아봤다. 금발의 남자애가 날 보며 씨익 웃고 있었다. 세르게이였다.

세르게이. 문제적 인간, 세르게이.

세르게이는 나와 같은 반인 러시아 남자애다. 다문화가정 반에는 나를 포함해서 총 열일곱 명의 아이들이 있는데 몽골, 태국, 필리핀, 러시아, 중국 등 다들 국적이 다양하다. 나는 한국인 아버지와 외국인 어머니 사이에서 태어난, 어찌 보면 흔한 국제결혼 혼혈아 케이스지만 세르게이는 달랐다.

세르게이는 러시아 아버지와 러시아 어머니 사이에서 태어나 두 살까지 러시아에서 살다가 부모가 이혼한 후, 러시아 엄마가 세르게이를 데리고 한국으로 와서 한국인 남자와 재혼한 케이스였다.

그래서 세르게이는 외모만 봤을 때는 금발에 파란 눈을 가진 완벽한 러시아인이었지만, 어렸을 때부터 한국에서 자라 생각하는 방식이나 사용하는 언어는 '완벽한 한국인' 그 자체였다.

완벽한 한국인이라는 건 간단히 말하자면, 김치 없이 밥을 못 먹는 녀석이라는 뜻이다. 녀석은 김치볶음밥에도 김치를 얹어 먹었다. 세르게이는 반에서 나와 가장 친한 친구인데(친할 뿐 아니라 '유일한' 친구였다), 이 자식은 요 몇 주 동안 학교에 거의 나오지 않았다.

"뭐야, 세르게이 이 미친놈아. 웬일로 학교에 왔냐?"
나는 세르게이가 학교에 오지 않아 섭섭했지만 내색하진 않았다. 섭섭한 티를 내면 세르게이가 정말로 멀어질 것 같았다. 그래서 반갑지 않은 척 일부러 퉁명스럽게 물었다.
"야, 너랑 다니는 그 아저씨, 경찰이 와서 잡아갔어. 방금 전에. 네 보디가드 아저씨."
나는 놀라서 눈을 크게 뜨고 물었다.
"장국영 아저씨? 네가 그 아저씨를 어떻게 알아? 경찰이 잡아갔다고? 왜? 언제?"
"그 아저씨, 깡패라며? 다른 패거리 조폭 세 명 죽였다는데? 아까 경찰차 엄청 많이 왔어. 진짜 재밌었는데 금방 끝나버렸네, 에이. 성미람, 근데 이 할머니는 뭐야?"
세르게이가 내 옆에 서 있던 할머니를 물끄러미 바라봤다.
"모르는 할머니야."
세르게이는 내 말을 듣고 고개를 끄덕이더니 이렇게 말했다.
"그럼 버려. 나 따라와."

나는 세르게이를 주춤주춤 따라가다가 말을 정정했다.

"근데, 모르는 할머니인데, 내가 챙겨야 돼."

세르게이는 눈살을 찌푸리더니 말했다.

"그럼 챙겨."

세르게이가 나를 데려간 곳은 번화가 뒤쪽의 한 단독주택이었다. 안으로 들어가자 방마다 꽉꽉 들어찬 러시아 애들이 컴퓨터 게임을 하는 모습이 보였다.

"안녕하세요. 세르게이한테 얘기 많이 들었어요."

러시아 애들은 유창한 한국말로 나를 반겼다. 세르게이는 나와 할머니를 거실 소파에 앉히더니 이렇게 말했다.

"미람아. 너 괴롭힌 일진 애들, 내가 형들한테 부탁해서 혼내줄게. 3반 애들 맞지? 아오, 그 개싸가지들. 남원정, 김종현, 유도영, 김담영. 얘네 네 명 맞지? 맞냐고? 빨리 대답해."

세르게이의 시선이 내 볼 주변을 서성였다. 나는 고개를 저으며 그 시선을 떨쳐냈다.

"됐어. 걔네 그러는 게 하루 이틀이냐."

세르게이가 한숨을 푹 쉬더니 말했다.

"야, 성미람. 나 예전의 찌질한 세르게이가 아니야. 나 이제 힙해졌다고. 이 바닥 인싸야, 인싸. 이 오빠가 다 해결해줄게."

나는 다시 고개를 저으며 차분하게 대답했다.

"꺼져, 멍청아."

세르게이는 입을 뾰로통하게 내밀더니 말했다.

"아, 뭐야. 오늘 네 생일이잖아. 소원 아무거나 말해봐. 돈 드는 것도 돼, 내가 다 해줄게. 생일이니까 특별한 걸로 말해봐, 평범한 거 말고. 우리 같은 인싸들은 평범한 거 싫어하거든. 히힛."

세르게이는 배달 알바를 세 군데에서 하고 있다고, 그래서 학교에 나올 시간이 없다고 했다. 세르게이는 주머니에서 돈 다발을 꺼내더니 내 눈앞에 흔들어 보였다.

웃기게도 지폐 다발을 보자 마음이 누그러지면서 뭐든 할 수 있을 것 같은 자신감이 불쑥 차올랐다. 저 돈이면 떠날 수 있을지 몰라. 세르게이 말대로 오늘은 내 생일이니까 특별한 일을 해야 했다.

못과
우럭에 대한

감각

나와 세르게이와 할머니는 시외버스터미널로 갔다.

"그래서 우리 어디 가는데?"

세르게이가 과자를 쩝쩝대며 물었다.

"진도."

순간 세르게이가 눈을 크게 뜨더니 내 어깨를 마구 흔들었다.

"너 진돗개 사려고 그러는구나? 진돗개 하면 역시 진도지! 앗싸, 멍멍이! 앗싸! 너에게 주는 셀프 생일 선물, 뭐 그런 거냐? 아… 나한테 사달라고? 진돗개? 사줄게, 까짓것. 여자 개로 살 거야, 남자 개로 살 거야?"

나는 한숨을 푹 쉬었다.

"여자 개, 남자 개가 아니라 암컷, 수컷이라고 하는 거야, 바보야. 진돗개 안 사. 엄마 찾으러 가."

세르게이는 여전히 쩝쩝대며 이렇게 물었다.

"엄마? 집 나간 너네 엄마? 진도에 계셔?"

"응. 정확히 말하면, 찾으러 가는 게 아니라… 때리러 가. 패버리려고. 가서 죽여놓고 올 거야."

세르게이는 내 속을 아는지 모르는지, 내 말을 제대로 이해한 건지 못한 건지 그저 그 순진한 푸른색 눈동자를 깜빡이며 "응, 응" 하고 대답하기만 했다. 때마침 유니에게서 문자 메시지가 왔다.

[미람아 엄마 여권 찾았니?]

[응. 아빠 공장 사무실에서 찾았어. 지금 가려고. 주소 찍어 줘.]

미친. 여권은 개뿔, 뒤지게 맞을 준비나 해라.

진도로 향하는 버스 안에서 할머니는 자리에 얌전히 앉아 있었다. 그러다가 천안을 지나고부터는 자꾸 양말을 벗으면서 발에 개미가 지나간다고 했다. 할머니의 발을 들여다봤지만 물론 개미 따위는 없었다.

세르게이는 나와 할머니를 힐끗 바라보더니 또다시 그 '문제적 발언'을 시작했다. 다문화가정 반 애들은 (나를 제외하고는) 아무도 세르게이와 어울리지 않았다. 세르게이가 지껄이는 이상한 말들 때문이었다. 나는 반대로 세르게이의 '그 말들'에 흥미를 느껴 친해진 경우다.

세르게이는 곧잘 자신이 N회차 인생을 살고 있다고 주절거렸다. 숫자는 항상 달라졌다. 어떤 때는 8회차, 어떤 때는 3회차, 또 어떤 때는 12회차였다.

오늘은 '5회차 인생'이었다. 녀석은 진지한 목소리로 이야기를 시작했다. 'N회차 인생' 얘기를 시작할 때면, 아련하게 먼 곳을 바라보며 목소리를 낮게 까는 것이 놈의 특징이었다.

"미람아. 이번 생이, 그러니까 '세르게이의 삶'이 나에게 다섯 번째 인생인 거 알고 있니? 난 그 기억들을 다 갖고 있어. 내 첫 번째 삶, 두 번째 삶, 세 번째 삶, 네 번째 삶에 대한 기억들을. 내 첫 번째 인생은 말이지. 아차, 인간이 아니었으니까 인생이 아니구나.

내 첫 번째 삶은 말이지, 개미였어. 나는 일개미였거든. 그런데 어느 순간 일개미로서의 삶에 회의감이 드는 거야. 맨날 얼굴도 본 적 없는 여왕개미한테 갖다 바칠 먹이나 구하러 다니고. 일이나 죽도록 하고. 왜 난 여왕개미가 될 수 없을까? 왜 나는 죽도록 일만 해야 하는 걸까? 하는 의문이 자꾸 드는 거야.

그런데 거기서 더 큰 문제는 뭐였냐면, 어느 순간엔가 여왕개미의 삶도 그다지 행복하지 않다는 걸 깨달은 거야. 여왕개미는 한평생 방에 갇혀서 알만 낳아야 하거든.

난 깨달았어. 그냥, 개미로 태어난 것 자체가 불행이라는 것을. 아니, '생각과 감정이 있는' 개미로 태어난 게 불행이었던 거야.

　그래서 어느 날 탈출을 시도했어. 더 이상 그곳에 있는 걸 견딜 수가 없었거든. 왜냐? 나는 생각과 감정이 있는 개미니까. 어쨌든 몰래 개미굴 입구를 빠져나왔는데, 보초 개미가 날 보더니 씨익 웃으면서 이렇게 말하는 거야. '야, 너 도망가냐? 내가 너 같은 새끼들 많이 봤는데 말이지, 가도 별거 없어. 안 잡을 테니까 한번 가봐.' 그래서 나는 속으로 생각했어.

　'이 개새끼야(정확히는 개가 아니라 개미지만), 내가 보란 듯이 잘 살아주마. 넌 평생 여기 남아서 보초나 서고 똥이나 싸라.'

　그렇게 개미굴을 떠나서 낯선 길을 한참 걷고 있는데 갑자기 '뚝!' 하더니 세상이 깜깜해졌어. 그렇게 내 첫 번째 삶이 끝났어. 아마 동물이나 사람한테 밟힌 게 아닐까 싶어."

　할머니는 개미가 자신의 발을 뜯어 먹는다며 난동을 피우기 시작했다. 버스에 탄 사람들이 눈을 부라리며 뒷좌석의 우리를 돌아봤다. 나는 일행이 아닌 척 고개를 숙이고 급하게 자는 척을 했지만, 사람들은 이미 내가 할머니의 보호자라는 걸 눈치챈 듯했다.

　그때 세르게이가 목소리를 낮게 깔고 영어로 몇 마디 웅얼거리자 사람들은 다시 고개를 돌렸다. 한국 사람들은 외국인이 얽힌 일에는 관대해지는 경향이 있다. 특히나 피부가 하얀

외국인들에게는. 아마 세르게이 없이 까만 피부의 나 혼자만 여기 있었다면 사람들은 사나운 말을 내뱉었을지도 모른다.

버스가 논산 근처 휴게소에 정차했을 때, 나는 할머니를 데리고 버스에서 내렸다. 그리고 푸드 코트에서 할머니에게 잔치국수 한 그릇을 사줬다. 할머니는 아까까지 난동을 피운 사람 같지 않게 유순한 얼굴로 국수를 호로록 먹었다. 나는 그 모습을 잠시 바라보다가 버스에 혼자 올라탔다. 세르게이는 고개를 푹 숙이고 좌석에 몸을 파묻은 채로 잠들어 있었다.

나는 그렇게 할머니를 휴게소 식당에 버리고 왔다. 내가 엄마를 패버리려고 진도까지 가는 마당에 헛소리를 하며 난동을 부리는 남의 엄마까지 챙길 여유까진 없었기 때문이다. 하지만 어찌 된 일인지 할머니는 떠나기 직전의 버스를 잡아 기적적으로 올라탔다. 나는 할머니가 쌕쌕 숨소리를 뱉으며 자리에 앉는 걸 보고, 이 노인네는 어쩌면 치매가 아닐지도 모른다고 생각했다.

할머니는 자리에 앉자마자 아기같이 편안한 얼굴로 잠에 빠져들었다. 얼마 후 나도 잠이 들었다. 잠결에 세르게이와 할머니가 얘기를 나누는 목소리가 드문드문 들렸는데 꿈이었는지도 모르겠다.

자정이 다 되어서 진도버스터미널에 도착했다. 세르게이가 편의점에 먹을 것을 사러 간 동안, 나는 할머니를 어디에 버려야 할지 고민하며 주변을 둘러보았다.

그때 터미널 옆으로 어설프게 꾸며진 닭장과 개집이 눈에 들어왔다. 인간의 집으로 치면 달동네 지하 단칸방 수준인 허름한 개집 앞, 아마도 목줄에 묶인 채 한평생을 보냈을 시골 똥개가 공허한 표정을 지으며 나를 힐끗 쳐다봤다.

짜식, 이목구비 잘생겼네. 너는 얼굴값도 못하고 여기서 왜 이러고 있니? 바보 새끼야, 내가 너에게 자유를 줄게.

나는 주머니에 있던 치즈스틱 소시지를 꺼내 개의 환심을 산 후 몸을 끌어당겨 목줄을 풀어줬다. 개한테서 지독한 냄새가 났다. 평생 목욕이라고는 한 번도 해본 적 없는 것 같았다. 그래도 우리 아빠한테서 나는 쉰내보다는 차라리 개 냄새가 좋았다. 그 개에게서는 따뜻한 꼬순내 같은 게 났는데 아주 못 견딜 만한 냄새는 아니었다.

개는 자신이 자유의 몸이 된 줄도 모르고 소시지를 씹느라 바빴다. 할머니는 그런 개와 나를 번갈아 보더니 내게 손을 내밀었다. 소시지를 달라는 뜻 같았다.

"소시지 없어."

내 단호한 목소리가 설득력 있었는지, 할머니는 고개를 끄덕이더니 개 옆에 얌전히 쭈그리고 앉았다. 할머니를 여기다 버리고 가면 참 좋을 텐데 싶었다. 유니가 일하는 꼬막 공장까지 이 할머니를 데리고 갈 수는 없었다. 왜냐하면, 귀찮으니까. 나는 할머니에게 넌지시 말했다.

"소시지 사 올 테니까 여기서 기다리고 있을래? 금방 올게."

할머니는 대답 없이 먼 곳을 바라보기만 했다. 왠지 내가 한 말이 거짓말이라는 것을 아는 눈치였다. 머쓱해진 나는 그냥 솔직히 말하기로 결심했다. 솔직하다는 건 내 몇 안 되는 장점 중 하나다.

"나 이제 안 와. 갈 거야. 나는 할머니 손녀도 아니고, 그렇다고 할머니 엄마도 아니야. 할머니 아들도 이제 안 와. 할머니 아들은 감옥에 갔어. 사람을 죽였거든. 그러니까 이제 혼자서 씩씩하게 잘 살아야 돼. 알았지? 이렇게 된 건… 내 잘못이 아니야."

할머니는 내 얘기를 듣는 건지 마는 건지, 낡은 개 목줄만 만지작거리고 있었다. 내가 뒤돌아서 가려던 그때, 할머니가 입을 열었다.

"저 개는… 이제 제 맘대로 돌아다닐 수 있는 거야?"

나는 그제야 개를 돌아봤다. 개는 여전히 자기가 풀려난 줄 모르는 듯, 개집 앞에 앉아 소시지 포장지를 앞발로 쥔 채 핥고 있었다.

"응. 할머니도 맘대로 돌아다닐 수 있어. 자유야."

할머니는 수줍은 듯 웃어 보이더니 말했다.

"나는 언제나 자유야."

할머니는 계속 빙긋빙긋 웃기만 했다.

그렇게 나는 할머니를 그곳에 버려두고 빠른 걸음으로 세르게이가 있는 편의점으로 향했다. 때마침 세르게이는 소주와 도시락을 사 들고 편의점 밖으로 나오고 있었다.

세르게이의 이국적인 외모는 담배와 술을 사기에 편리했다. 편의점 알바생들은 세르게이의 앳된 얼굴을 보며 갸웃갸웃하다가도, 군말 없이 담배와 술을 팔았다. 외국인이니까 문제가 없을 거라고 생각하는 것이다. 그럴 때마다 영악한 세르게이는 일부러 어설픈 한국말을 내뱉었다.

"탐배 주쎄여. 에쎄 체인지업 주쎄여."

세르게이와 나는 편의점 테이블에 앉아 종이컵에 소주를 따라 마셨다.

"미람, 짠. 생일 축하해. 생일이니까 한잔해야지?"

나는 술을 마시고 싶지 않았다. 하지만 분위기를 깨기 싫어서 억지로 마셨다. 센 척하느라 세르게이에게 말하진 않았지만 나는 술을 한 번도 마셔본 적이 없었다.

우리는 한동안 말없이 소주를 마셨다. 그러다가 내가 종이컵을 내려놓으며 "나 머리 아파. 안 마실래"라고 말하는 순간 세르게이가 바닥에 토했다. 내 흰색 운동화에 녀석의 토가 묻어서 나는 비명을 질렀다.

못과 우럭에 대한 감각

"미친놈아!"

욕을 뱉고 보니 그래도 생일이라고 챙겨준 사람은 녀석 하나인데 내가 너무 못됐나 싶어 쭈그리고 앉은 세르게이에게 다가가 녀석의 등을 두들겨줬다. 토사물이 한 바가지 더 쏟아져 나왔다. 내가 물과 휴지를 사러 편의점에 들어가려는데 세르게이가 쭈그린 상태 그대로 바닥을 노려보며 입을 열었다.

"내 두 번째 인생은, 볼리비아의 농부였어."

나는 걸음을 멈추고 세르게이의 이야기에 귀를 기울였다.

"코차밤바. 볼리비아의 작은 도시. 난 거기서 태어나서 한평생 그곳을 벗어난 적이 없었어. 그러던 어느 해에 내가, 지금도 왜 그랬는지 모르겠는데, 뭐 아마도 욕심 때문이었겠지만 말이야. 동네 사람이 키우던 돼지 두 마리를 훔쳤어. 그리고 잡혔어. 그러고는 사형당했지. 돼지 두 마리 훔쳐서. 이게 끝이야. 두 번째 인생은 참 심플했어."

돼지 두 마리? 사형?

말이 안 되는 것처럼 느껴졌다. 그렇다면 대체 몇 마리의 돼지를 훔치면 '자연스러운' 사형이 될까? 30마리? 200마리? 1000마리?

만약 세르게이가 돼지를 한 마리만 훔쳤다면, 그래도 사형당했을까? 돼지가 아니라 소를 훔쳤다면 어떻게 됐을까? 닭을 훔쳤다면? 나는 세르게이의 이야기를 듣고 이런 시시한 것들이 궁금해졌다.

새벽 3시 즈음, 잔뜩 취한 우리는 버스터미널 근처의 여관에 가서 자려고 했다. 하지만 누가 봐도 미성년자인 내 얼굴과 러시아 마피아 갱단의 말단 부하같이 생긴 세르게이의 얼굴 때문에 어느 곳에서도 우리를 받아주지 않았다.

최근에 근처 모텔에서 여고생 한 명이 죽은 사건이 일어나 업주들이 더 몸을 사리는 모양이었다. 집단 강간 사건이 있었다고 했다. 남자애들이 여고생 한 명을 여관방에 가둬놓고 때린 다음 성폭행을 했고, 여자애는 죽은 채로 발견됐다고 한다.

우리는 할 수 없이 근처의 공사장으로 들어갔다.

"거지 같은 동네. 무슨 놈의 찜질방, 피씨방 하나도 없냐?"

세르게이가 불만 섞인 목소리로 중얼거렸다. 다행히 소주를 마셔서인지 추위는 느껴지지 않았다. 여기까지 세르게이를 끌고 온 게 미안해졌다.

"엄마가 꼬막 공장 아침 6시에 연다고 그때 오래. 몇 시간만 기다리면 되니까 조금만 참아."

우리는 깜깜한 공사장을 이리저리 돌아다니며 바닥에 어지럽게 놓인 망치, 전기톱, 드릴 등을 만지작거리며 놀았다.

그러던 우리는 공구 중 하나에 마음을 빼앗기고 말았는데, 그건 바로 전동 못질 기계인 '타정기'였다. 세르게이와 나는 타정기를 하나씩 들고 공사장 벽면에 못을 난사했다.

"히히, 다 죽어라. 이히."

세르게이의 신난 얼굴을 보니 나도 갑자기 기분이 좋아졌다. 타정기의 위력에 흥분한 우리는 타정기를 들고 꼬막 공장까지 걸어가기로 했다.

"가다 보면 해가 뜰 거야. 햇빛도 좀 쐬고, 운동도 하고, 얼마나 좋아 인마. 응?"

세르게이가 내 어깨를 툭 치며 말했다.

꼬막 공장까지 가는 길에 우리는 타정기로 못을 쏴서 쥐두 마리를 죽였다. 못에 박힌 쥐는 찍 소리도 내지 않고 고개를 바닥에 댄 채 편하게 다리를 뻗으며 죽었다. 뭔가 시시했다. 그래서 우리는 더 자극적인 동물을 찾아 헤맸다.

그때, 흰 양말을 신은 것처럼 네 발이 하얀색인 까만 길고양이가 눈에 들어왔다. 내가 고양이를 향해 못을 쏘려는 순간 세르게이가 나를 말렸다. 세르게이는 "고양이는 귀엽기 때문에 죽이면 안 된다, 고양이를 죽이는 사람은 사이코패스로 발전할 가능성이 높기 때문에 경찰이 잡아간다"라고 말했다.

나는 왜 쥐는 죽여도 되고 고양이는 죽이면 안 되는지, 고양이를 죽이면 사이코패스가 되는데 왜 사람들은 매일같이 치킨을 시켜 먹는지 궁금해졌다. 쥐와 닭은 죽여도 되는데 왜 고양이는 안 되는 걸까?

까만 고양이는 자리에 서서 우리를 가만히 지켜봤다. 우리는 타정기를 만지작거리며 서 있었다. 곧 고양이는 그런 우리를 비웃는 것처럼 여유로운 걸음걸이로 어딘가를 향해 사라졌다.

우리는 다른 걸 찾아 헤맸다. 그러다가 횟집을 발견하고 수조 유리에 못을 쐈다. 수조 유리가 깨지면서 물과 함께 우럭, 광어, 오징어가 바닥으로 쏟아져 나왔다. 세르게이와 나는 우럭과 광어를 향해 못을 쐈다.

나는 그 짧은 시간 동안 소박한 생물학적 지식을 얻었는데, 물고기들은 못을 맞아도 곧바로 죽지 않고 펄떡거린다는 사실이었다. 나는 물고기들의 생명력에 약간 감탄했다. 우리는 우럭과 광어에게 못을 쏘며 "너희들에게 자유를 주는 거야"라고 중얼거렸는데 아마도 그건 핑계였을 거다. 그냥 우리는 무언가를 닥치는 대로, 그중에서도 살아 있는 것을 파괴하고 싶었던 거다.

그런데 왜 세르게이와 나는 서로에게 못을 쏠 생각은 하지 못했을까?

그렇게 세르게이와 함께 진도 길거리를 들쑤시고 다니며

못과 우럭에 대한 감각

못으로 쏴 죽일 게 없나 두리번거리고 있던 그 새벽녘, 세르게이는 자신의 세 번째 삶에 대한 이야기를 시작했다.

"나는 1892년에 이탈리아 피렌체에서 태어났어. 성년이 된 다음엔 천주교 신부가 됐지. 나름 존경받는 신부였는데 사실은 말이지, 예배를 돕는 남자애들을 성추행하는 그런 놈이었어. 지독하지? 그러다가 한 남자애가 자살을 해. 바로 나 때문에. 자살한 남자애는 겨우 아홉 살이었어.

그 아이가 남긴 일기장에 내 이야기가 적혀 있었고, 이후에 나는 교단에서 비공식적으로 파면 선고를 받아 한 수도원으로 가게 됐어. 일종의 유배 같은 거지. 그렇게 나는 1960년에 수도원에서 세 번째 생을 마감했어. 당뇨 합병증으로 죽었지."

말을 마친 세르게이는 헛기침을 몇 번 하더니 어느 나라말인지 모를 언어로 기도문 같은 것을 빠르게 중얼거렸다. 세르게이는 성호를 긋고 기도를 마치더니 이렇게 말했다.

"라틴어야."

동이 트고 있었다. 우리는 꼬막 공장에 도착했다. 공장 입구로 들어가는 아주머니들 서너 명이 보였다. 피부가 까만 동남아 아줌마들이었다. 나는 혹시 유니가 있나 싶어 그들을 유심히 봤다. 그런 나를 바라보던 세르게이가 말했다.

"여기 있을게, 갔다 와."

나는 고개를 끄덕이고 공장으로 향했다. 내 얼굴이 긴장감
으로 굳어 있다는 걸 느낄 수 있었다.

공장 안에 들어서자마자 물비린내가 훅 끼쳤다. 그곳은 공
장이라기보다 일종의 작업장 같았다. 자동차도 담을 수 있을
것 같은 큰 대야가 수십 개 있었는데, 그 안에는 꼬막이 가득
차 있었다. 작업장 중앙에는 컨베이어 벨트가 돌아가고 있었
다. 그 앞으로 흰색 작업복을 입은 아줌마들이 서서 꼬막 껍
데기를 까고 있었다.

유니를 찾아 두리번거리고 있는데 작업복을 입은 한국 아
줌마가 다가왔다.

"네가 미람이니?"

나는 놀라서 눈을 동그랗게 뜨고 고개를 끄덕였다. 어떻게
나를 알지? 아줌마는 눈웃음을 지으며 나를 바라봤다.

"엄마가 말한 대로 예쁘게 생겼네. 엄마는 지금 옷 갈아입
고 있어."

아줌마가 공장 한쪽에 난 문을 가리켰다. 나는 작게 고개
를 숙여 인사했다. 예쁘기는 개뿔, 내 볼의 상처와 까만 피
부가 안 보이는 척하다니 정말이지 능구렁이 같은 아줌마
였다.

갑자기 성질이 났다. 팔자도 더럽지, 이 세상에 널리고 널

린 게 한국 아줌마인데 왜 나는 재수가 없어서 필리핀 엄마를 갖게 된 걸까. 나는 왜, 이렇게 꼬막 비린내 나는 곳까지 와서 여권이나 가져다주는 심부름을 해야 하는 걸까.

그래, 물론 엄마를 패버린다는 건 일종의 허세였다는 걸 인정한다. 나는 그 정도로 돼먹지 못한 년은 아니다. 하지만 나는, 적어도 엄마 눈앞에서 여권을 바닥에 패대기칠 힘은 갖고 있다.

나는 아줌마가 가리킨 곳으로 성큼성큼 걸어가 문을 확 열어젖혔다. 문을 열자 헐벗은 몸으로 작업복에 다리를 집어넣고 있는 유니가 보였다. 유니의 까만 몸 덕분에 작업복은 더욱더 하얗게 빛나 보였다.

나는 주머니에서 여권을 꺼내 유니의 앞에 집어던졌다(사실대로 말하자면 바닥에 던진 것도 아니고 테이블 위에 슬쩍 던졌다. 나는 왜 이 모양인가).

"심부름값 줘."

유니는 씨익 웃더니 작업복을 마저 입었다.

"너, 오랜만에 엄마 봤는데 한다는 말이 그거야?"

"아 됐고, 빨리 돈 줘. 밖에 친구 기다려."

'돈 안 주려고 시간 끄는 건가?' 싶어 가슴이 쿵쿵거렸다. 그런데 유니가 갑자기 끅끅거리며 웃더니 말했다.

"미람아, 네가 가져온 내 여권. 그거 유효기간 끝난 거야."

내가 소리쳤다.

"뭔 (개)소리야? 그래서 뭐? 어쩌라고?"

속으로는 '뭐지?' 싶었지만 여기서 굽히고 들어가면 안 된다는 생각에 센 척을 했다.

"그냥 오라고 하면 안 올 것 같아서. 괜히 심부름시킨 거야. 너 얼굴 보려고. 넌 툴툴거리면서도 심부름 하나는 잘하잖아."

얼레? 자식 버려놓고 가출해서 꼬막이나 까는 인간이 이제 머리까지 굴리는구나 싶었다. 동시에 내 가슴은 더 세게 뛰기 시작했다. 설마, 싶었다. 설마.

"그래서, 필리핀 안 간다는 뜻이야?"

나는 쿵쿵 뛰는 가슴을 들키지 않기 위해 일부러 목소리를 깔고 유니에게 물었다.

"엄마 한국에 산 지 올해로 19년째야. 이제 여기가 내 고향이나 마찬가지야. 아빠랑은 이혼했어. 여기서 돈 벌어서 자리 잡은 다음에 너 부르려고 했어. 근데 우리 딸이 너무 보고 싶더라고. 너 어제 생일이었잖아. 생일 축하해. 엄마가 참기름 넣고 꼬막 비빔밥 해줄까?"

얼마 후 나는 공장 밖으로 나왔다. 그런데 세르게이의 모습이 보이지 않았다. 나는 세르게이를 찾아 두리번거리며 돌아다녔다. 하지만 공장 근처를 한참 뒤져도 세르게이를 찾을 수 없었다. 이상하게도 아까 엄마와 얘기할 때처럼 가슴이 쿵쾅쿵쾅 뛰기 시작했다.

어디 있어, 이놈아. 숨이 콱 막히고 심지어는 눈물이 찔끔 나오기까지 했다. 대체 왜 눈물이 나는지 몰랐다. 어디 있어, 세르게이 이 자식아. 어딜 간 거야. 눈물이 주르륵 흘렀다. 내가 흐르는 눈물을 소매로 찍어내고 있던 그때, 저 멀리 세르게이가 보였다. 세르게이는 논길 위에 서서 개 한 마리를 품에 안은 채 날 향해 팔을 흔들고 있었다.

"성미람! 야, 대박 사건! 진돗개 주웠어! 이거 가져가자! 진도에 왔으면 진돗개 한 마리 정도는 챙겨 가야지!"

미친놈이 분명했다. 나는 세르게이를 향해 뛰어갔다. 진돗개를 안고 서 있는 녀석 앞에 멈춰 선 내가 헉헉대며 말했다.

"목줄 있는 거 보니까 주인 있는 개 같은데?"

세르게이는 갑자기 먼 곳을 바라보며 이렇게 말했다.

"야, 시골은 공기가 참 좋아."

분명 주운 게 아니라 훔친 걸 거다.

세르게이와 나는 진도시외버스터미널에 도착했다. 진돗개는 오는 길에 그냥 버렸다. 그 자식이 자꾸 세르게이의 다리를 물었기 때문이다. 세르게이는 진돗개의 충성심을 실제로 경험하고 나니 감탄이 절로 나오는 모양이었다.

"명견일세. 진돗개는 단 한 명의 주인만을 섬긴다더니. 역시 진돗개는 진돗개구만."

세르게이는 개 이빨에 찍혀 구멍이 난 자신의 종아리를 바라보며 중얼거렸다. 나는 버스표를 사려고 매표소에 돈을 밀어넣었다.

"두 장이요."

그러자 세르게이가 내 팔을 잡고 고개를 설레설레 젓더니 창구에 대고 외쳤다.

"두 장 아니고 한 장이요."

나는 얼굴을 찌푸리며 물었다.

"뭐야. 집에 안 가?"

세르게이는 눈을 지그시 감았다 뜨더니 이렇게 말했다.

"아직 얘기가 남았어. '세르게이의 네 번째 삶'에 대해 얘기해줄게."

그렇게 나는 버스표를 손에 쥔 채 터미널 대합실에 앉아 세르게이의 이야기를 들었다.

"나는 1968년 한국에서 태어났어. 이름은 안판식. 판식이, 그러니까 '나'는 공부를 잘해서 부모님의 사랑을 듬뿍 받고 자라 명문대에 입학했어. 응. 맞아. 서울대. 지금의 세르게이 성적으로는 입구까지도 못 가는 그 서울대.

판식이는 세상에 대한 호기심이 많은 아이였어. 그래서인지 공부 잘하는 애들이 좋아하는 법대, 의대 이런 곳이 아니라 사회학과에 진학했어. 그리고 이 좆같은 세상의 구조(라는 게 있는지 세르게이로 살고 있는 지금은 잘 모르겠지만)를 열심히 공부한 다음, 졸업 후에 기자가 됐어. 탐사보도 전문 기자 같은 거였는데 말이지, 판식이는 사회적 이슈가 담긴 특종을 빵빵 터트려서 유명세를 얻었어.

그러던 판식이는 1999년에 사망해. 서른두 살의 젊은 나이에 죽어버리고 만 거야. 근데 판식이가 왜 죽었는지 알아?

판식이가 유명세를 얻었다고 내가 말했지? 어느 날 판식이 앞으로 발신인이 적혀 있지 않은 소포가 하나 배달됐어. 소포 안에는 비디오테이프가 하나 들어 있었고.

판식이는 테이프를 보자마자 직감적으로 '아, 이건 누가 특종을 제보하려는 것이다!'라고 생각했어. 그래서 다른 기자들에게 뉴스를 빼앗길까 봐 집에 가서 혼자 테이프를 봤지.

테이프에는 한 남자가 자신이 연쇄살인을 저질렀다고 밝히며 시체를 숨긴 장소를 설명하는 영상이 담겨 있었어.

다음 날, 판식이는 테이프를 챙겨서 남자가 말한 곳을 찾아갔어. 지방의 야산이었어. 그리고 그 후로 판식이는 집에 돌아가지 못했어. 영상 속의 연쇄살인범이 야산에서 판식이를 기다리고 있다가 죽였거든."

그렇게 이야기가 끝난 줄 알았다. 하지만 아니었다. 묵묵히 앞을 바라보며 앉아 있던 세르게이는 곧 말을 이어갔다.

"그런데 말이지. 문제는 내가 그 '네 번째 삶'을 기억하고 있다는 거야. 안판식의 집 주소도, 안판식의 가족이 아직 안판식의 시체를 찾지 못했다는 것도, 아니, 안판식이 죽었는지 살았는지 몰라서 여전히 기다리고 있다는 것도. 이 모든 것을 '다섯 번째 삶을 살고 있는 세르게이'가 알고 있다는 거지."

나는 잠시 생각에 잠겼다가 세르게이에게 물었다.

"지금 네가 말한 이 이야기와 집으로 돌아가는 버스표를 한 장만 끊은 사실이 설마 관계가 있는 거야?"

세르게이의 눈은 슬퍼 보였다.

"응. 판식이가 죽은 야산, 이 근처에 있어. 진도."

나는 잠시 숨을 고르고 물었다.

"너, 혹시 그래서 내가 진도 가자고 했을 때 순순히 따라온 거야?"

세르게이는 조용히 고개를 저었다.

"아니. 몰랐어. 판식이가 지방 야산에 갔다는 것만 알았지, 거기가 정확히 진도였다는 건 나도 몰랐어. 그런데 너랑 같이 여기를 돌아다니다 보니까 판식이의 마지막 기억이 서서히 떠오르더라고."

내 심장이 다시 요동치기 시작했다. 꿀렁꿀렁.

"그래서, 뭘 어떻게 할 건데?"

세르게이는 어깨를 으쓱하더니 무심하게 말했다.

"판식이가 묻힌 곳을 찾아봐야지."

못과 우력에 대한 감각

버스에 올라탄 나는 창밖의 세르게이를 향해 손을 흔들었다. 세르게이도 손을 마주 흔들었다. 나를 바라보는 세르게이의 파란 눈이 이상하게도 쓸쓸해 보였다. 그 파란 눈은 햇빛을 받으니 연한 회색처럼 보이기도 했다. 내가 같이 가주겠다고 말했지만 세르게이는 천천히 고개를 저으며 혼자 이 일을 하고 싶다고 말했다.

혼자 가면 심심하지 않을까? 세르게이가 외로울까 봐 걱정됐다. 하지만 나는 버스가 출발하자마자 잠이 들었다. 가방 안에 담긴 묵직한 타정기를 끌어안고 오랜만에 깊은 잠에 빠져들었다. 생각해보니 엄마가 집을 나간 후에는 깊이 잠든 적이 없었다.

집에 돌아가고 나서도 며칠 동안 계속 잠만 잤다. 밥도 안 먹고, 학교도 안 갔다. 온종일 자기만 했다. 이상하게 끝없이 졸음이 쏟아져서 아무것도 할 수가 없었다. 그렇게 며칠이 흘렀다.

어느 날, 잠결에 익숙한 음악 소리가 아득히 들려왔다. 내 핸드폰 벨 소리였다. 나는 떠지지 않는 눈을 겨우 뜨고 핸드폰을 확인했다. 화면에 [짝퉁 장국영]이라고 떠 있었다.

"아저씨, 왜요."

내 목소리를 듣자마자 아저씨는 말했다.

"고맙다, 미람아."

"뭐가요."

그 순간, 터미널 개집 근처에 버리고 온 치매 할머니가 뒤늦게 떠올랐다. 눈이 번쩍 떠졌다. 아찔했다. 이 전화를 받는 게 아니었다. 이 아저씨는 지금, 자기 엄마를 버린 나에게 '고맙다'는 반어법을 쓰며 나를 위협하고 있는 게 분명했다.

아저씨는 이제 날 찾으러 올 것이다. 이제 아저씨는 우리 집으로 찾아와서 아빠와 날 묶고 잔인하게 고문하다가 죽일지도 몰랐다. 근데 생각해보니 세르게이가 아저씨는 교문 앞에서 경찰에 잡혀갔다고 하지 않았었나? 나는 용기를 내서 물었다.

"아저씨 감옥 안 갔어요? 어떻게 풀려났어요?"

아저씨는 깜짝 놀란 목소리로 대답했다.

"감옥? 내가 감옥을 왜 가?"

나는 잠시 생각에 잠겼다. 아저씨가 거짓말을 하고 있는 걸까? 억울하게 누명을 썼다가 풀려난 걸까? 아니, 어쩌면 세르게이가 거짓말을 한 건지도 모른다는 생각이 번쩍 들었다.

"저기, 아저씨… 그런데요… 할머니는요, 그게요…."

나는 말꼬리를 흐렸다. 소시지 껍질을 핥던 시골 개 옆에 쭈그리고 앉아 먼 곳을 바라보던 할머니의 모습이 떠올랐다. 눈물이 핑 돌았다. 이상했다. 엄마를 보고 난 다음부터 쪽팔리게 자꾸 눈물이 났다.

"할머니? 무슨 할머니를 말하는 거야?"

못과 우력에 대한 감각

"아저씨 엄마 있잖아요. 치매 걸린 할머니. 제가 할머니를 버리고 왔어요. 죄송해요."

나는 이제 거의 꺽꺽거리며 울고 있었다. 잠시 정적이 이어졌다.

"무슨 소리지? 우리 엄마, 며칠 전에 집에서 쓰러졌어. 지금 병원에 입원 중인데 의식이 없어. 아무래도 돌아가시려나 봐. 그래서 그동안 정신이 없어서 너한테 연락도 못 하고 학교 앞에도 못 갔어. 많이 기다렸니? 미안해."

잠시 할 말을 잃었다. 병원이라니? 할머니는 내가 진도에 버리고 왔는데 무슨 말이지? 머릿속이 어지러워서 순간 아찔했다. 나는 다시 정신을 차리고 아저씨에게 물었다.

"아저씨, 그런데 나한테 뭐가 고마운데요? 아까 그랬잖아요."

"엄마가 방금 잠깐 의식을 되찾았거든. 그러더니 전해달래. 고맙다고. 재밌었다고. 너한테, 그리고 노란 머리 남자애한테. 무슨 말인지 도통 모르겠어. 정신이 오락가락하는 게, 돌아가실 때가 된 것 같아."

나는 어리벙벙한 상태로 전화를 끊고 할머니를 생각했다. 의식을 잃은 채로 병원에 누워 있는 작고, 쪼글쪼글하고, 동태포 냄새가 나는 하얀 할머니에 대해서. 그럼 대체 우리와 함께 진도에 갔던 할머니는 누구일까? 내가 버리고 온 할머니는 누구일까?

　그리고 나는, 세르게이에 대해 생각했다. 세르게이는 왜 나한테 아저씨가 경찰에 잡혀갔다는 거짓말을 했을까? 세르게이는 안판식의 시체를 찾았을까? 풀리지 않는 의문들이 머릿속을 계속 맴돌았다.

　세르게이.
　문제적 인간 세르게이.
　다섯 번째 삶을 살고 있는 세르게이.
　나의 세르게이.

　나는 한참을 생각한 끝에 어쩌면 내가 세르게이를 좋아하고 있는 건지도 모르겠다는 결론을 내렸다. 세르게이를 볼 때면 언제나 가슴이 쿵쿵댔기 때문이다. 심지어는 녀석이 바보처럼 돌고래 소리를 내며 낄낄대고 웃는 걸 볼 때도 말이다.

　나는 손을 볼 위의 상처에 올려놓고 지그시 눌렀다. 그러자 손가락에 스며든 쥐와 우럭과 못의 감각이 느껴졌다. 나는 세르게이의 긴 손가락을 떠올렸다. 그러자 세르게이의 손가락에도 이 감각들이 스며들었는지 궁금했다. 세르게이를 만나면, 그러니까 세르게이가 네 번째 삶으로 떠난 여행에서 돌아온다면, 세르게이의 손가락을 만져봐야겠다고 생각했다.

못과 우럭에 대한 감각

하지만, 영원과도 같은 시간이 흘렀지만 세르게이는 돌아
오지 않았다.

세르게이의
편지

3

미람아, 나 세르게이야.

도와줘.

나는 지금 오각나라의 오각박사에게 잡혀 있어.

나 좀 구하러 와줘!

PS. 올 때 젤리 좀 사다줘.

내가 좋아하는 곰돌이 젤리, 알지?

마트에서 대용량으로 팔아.

천천히 와도 돼!

내 다음 여섯 번째 인생에 와도 돼.

"길드에

들어

오실래요?"

세르게이가 사라진 후 나는 나답지 않게 공부라는 걸 시작했다. 대학에 가기 위해서라기보다는 딱히 할 게 없었기 때문이다. '할 게 없다니, 말이 되는 소린가? 유튜브를 보면 되지 않느냐?'라고 묻는다면… '나는 유튜브가 없습니다'라고 대답할 거다. '러시아 남자 영상' 따위를 검색하고 있는 나 자신이 꼴 보기 싫어서 어플을 지워버렸기 때문이다.

나는 바보같이 세르게이의 흔적을 인터넷에서 찾고 있었다. 더 바보 같은 점은 세르게이의 사진을 한 장도 찍어놓지 않았다는 사실이다.

수능 기출문제집 안에는 세르게이를 연상시키는 것이 하나도 없었다. 그래서 나는 공부를 시작했고, 아빠는 책상에 앉아 공부하는 나를 불안한 눈으로 힐끗힐끗 훔쳐보다가 어느 날엔가는 조심스러운 태도로 이렇게 물었다.

"너 우울증 왔니?"

내가 아니라고 대답하자 아빠는 "우울증에 걸리면 안 하던 행동을 한다고 해서…"라며 얼버무렸다. 하지만 아빠는 태어나서 처음 본 '공부하는 딸의 모습(희귀한 광경)'을 주시하는 눈치였다. 나는 아빠의 그런 태도가 짜증났지만 좋기도 했다. 용돈을 많이 줬기 때문이다.

아빠는 나를 걱정하고 있는 게 분명했다. 나는 당분간 이 비정상적인 공부 모드를 유지하며 돈을 뜯어내야겠다고 다짐했다. 하지만 돈이 생겨도 딱히 사고 싶은 게 없었다. 먹고 싶은 것도 없었다. 세르게이가 사라진 후 나의 모든 욕구가 사라진 기분이었다. 하지만 주머니에 돈이 두둑하니 마음이 든든해지는 건 부정할 수 없었다.

나는 생각했다. 돈이란 건 이런 거구나. 마음을 편안하게 해주는 것이구나. 돈이란 정말 좋은 것이구나.

그러던 어느 날이었다. 야간 자습을 끝내고 집으로 왔는데 우편함에 흰 봉투가 하나 꽂혀 있었다. 나는 그게 광고 팸플릿이나 아빠 앞으로 온 카드 명세서라고 생각했다. 그래서 봉투를 무시하고 대문을 열어 집으로 들어갔다.

아빠는 없었다. 진도에서 엄마를 만난 후 나는 저 두 인간

"길드에 들어오실래요?"

이 이혼했다는 사실을 알았지만, 아빠에게 아무것도 묻지 않았다. 아빠도 말을 꺼내지 않았다. 하지만 최근 몇 주 동안 외박이 잦아진 걸 보아 새 여자가 생긴 눈치였다. 아무래도 상관없었다. 지금처럼 돈이나 많이 주면 좋겠다고 생각했을 뿐이다.

냉장고를 열고 식빵을 꺼내 크림치즈를 발라 먹었다. 나는 식탁에 앉아 빵을 우적우적 씹으며 습관적으로 하는 일을 했다. 바로 인스타 DM 확인이었다. 어김없이 세르게이의 메시지는 오지 않았고, 그렇게 나는 오늘만 100번 넘게 확인한 인스타를 껐다.

나는 침대에 누워 생각했다. 언제까지 이렇게 메시지 창을 확인해야 하는 걸까. 하루 종일 세르게이의 연락을 기다리며 어플을 들락날락하는 나 자신이 처량했다.

세르게이는 안판식의 시체를 찾았을까? 언제까지 세르게이의 연락을 기다려야 하는 걸까? 설마 평생 이렇게 사는 건 아니겠지? 걔를 평생 그리워하게 되면 어쩌지? 세르게이는 지금 여섯 번째 삶을 살고 있을지도 모르는데? 오늘 바그다드에서 태어난 여자아이가 세르게이일 수도 있는데?

혼란스러운 와중에도 잠은 왔다. 나는 베개에 머리만 대면 잠드는 스타일이다. 세르게이는 이런 나를 부러워했다. 자기는 아무리 피곤해도 잠을 잘 못 잔다면서.

세르게이는 이 달콤한 잠을 왜 못 자는 걸까? 걔는 왜 그렇게 한결같이 찌질할까? 근데 왜 나는 그런 찌질이를 좋아하지? 이런 생각들을 하며 잠이 들었다. 솔직히 말하면 나는 뭔가에 씌인 것처럼 세르게이를 그리워하고 있었다.

꿈에서 세르게이의 여섯 번째 삶을 엿볼 수 있었다. 세르게이는 남아프리카 공화국의 수도 케이프타운에서 한 사업가의 딸로 태어났다. 대학생이 된 세르게이는 유창한 영어로 친구들과 대화하고 있었다. 세르게이는 까무잡잡한 피부에 검은 머리를 길게 땋고, 밝게 웃고 있었다.

꿈속에서 나는 그런 세르게이의 모습을 멀리서 지켜보기만 했다. 다가가서 나 미람이라고, 나를 기억하냐고, 예전에 한국에서 너랑 친구였다고, 너를 기다리고 있었다고 말하고 싶었지만 그럴 수 없었다. 왜냐하면…

꿈에서 깬 나는 울었다. 내가 한심해서 울었다.
나는… 영어를 못했다.

다음 날 아침, 대문을 나서며 '오늘부터 영어 공부 돌입이다!'를 마음속으로 외쳤다. 학교로 향하는 내 발걸음은 사뭇 비장했다. 흰 편지 봉투는 여전히 우편함에 꽂혀 있었고, 나는 인스타 메시지만 들춰보느라 그게 세르게이의 편지라는

"길드에 들어오실래요?"

걸 알지 못했다.

그렇게 편지는 비에 젖어 바닥에 떨어지고 바람에 날아가버려서, 나는 세르게이의 소식을 아무것도 듣지 못한 채 88세의 나이에 폐렴으로 요양병원에서 쓸쓸히 생을 마감했다…는 이야기가 될 뻔했지만, 다행히 나는 세르게이의 편지를 읽을 수 있었다. 장국영 아저씨 덕분이었다.

학교에서 《영어 회화, 패턴 300개만 외우면 미국인처럼 말할 수 있다!》를 읽고 열여섯 번째 패턴 'I shouldn't have p.p.~'를 중얼거리며 집에 돌아온 날이었다.

나는 우리 집 대문 앞에 서 있는 장국영 아저씨를 보고 놀랐다. 까만 양복을 입은 아저씨는 여전히 슬픈 눈빛으로 나를 바라보면서 슬며시 미소 짓고 있었다.

"여어."

피식 웃음이 나왔다.

"여어가 뭐예요, 여어가. 아저씨, 미람이라고 부르면 되잖아요."

아저씨는 잠시 고개를 숙이고 땅바닥을 지그시 바라보더니 곧 고개를 들고 이렇게 말했다.

"어… 그게, 이름을 부르면 너무 다정한 것 같아서… 쑥스러워서 그래."

아무리 이 세상에 별의별 사람이 다 있다지만, 상대방의 이름을 부르는 게 쑥스럽다는 사람은 처음이다. 하여간 이 아저씨는 독특한 아저씨다.

"우리 집에는 웬일이세요?"

내가 묻자 아저씨는 대문 앞에 놓인 꾸러미를 가리켰다.

"엄마가 너 갖다주래."

연보라색 보자기에 싸여 있는 무언가. 하지만 나는 그 무언가가 궁금하지 않았다. 삶의 경험으로 비추어보아 보자기에 싸여 있는 것들은 대체로 시시한 것들이었다. 떡이나 김치, 매실, 된장, 뭐 그런 것들.

"이걸 왜 저한테 줘요?"

"너한테 주래. 어, 그게, 음, 엄마 돌아가셨어."

장국영 아저씨의 엄마. 치매 걸린 할머니. 나는 작고, 쪼글쪼글하고, 생선 비린내가 나던 할머니를 떠올렸다. 그러자 모든 게 뒤죽박죽이었던, 미스터리했던 진도 여행의 기억이 내 머릿속에서 폭죽처럼 터졌다.

"아…."

순간 나는 무슨 말을 해야 할지 몰랐다. 이럴 때 어른들은 무슨 말을 하더라? 명복을 빕니다? 삼가 위로의 말씀 전합니다? 잘 보내드렸나요? 시체를 화장하면 정말 뼈까지 다 타나요? 시체를 태울 땐 무슨 냄새가 나요? 내가 어떤 말을 해야 할지 고민하고 있는데 아저씨가 이렇게 말했다.

"길드에 들어오실래요?"

"여기. 우편함 보니까 너한테 편지 온 것 같던데."

아저씨는 나에게 흰 봉투를 건넸다. 봉투 겉면엔 세르게이 특유의 악필로 '미람에게'라고 적혀 있었다. 미람에게. 딱 네 글자만 적혀 있는 봉투에는 세르게이의 주소도, 우리 집 주소도, 우체국 소인 도장도 찍혀 있지 않았다. 어떻게 이 편지를 보냈지? 하는 의문도 잠시였다. 나는 곧바로 봉투를 부욱 찢었다.

미람아, 나 세르게이야. 도와줘.

나는 지금 오각나라의 오각박사에게 잡혀 있어.

나 좀 구하러 와줘!

PS. 올 때 젤리 좀 사다줘. 내가 좋아하는 곰돌이 젤리, 알지? 마트에서 대용량으로 팔아.

천천히 와도 돼!

내 다음 여섯 번째 인생에 와도 돼.

뭐지, 이 미친놈은?

이딴 걸 지금 편지라고 보낸 건가? 오각나라의 오각박사는 대체 뭐지? 구해달라니? 그 와중에 곰돌이 젤리를 사 오라니? 여섯 번째 인생? 결정적으로 제일 황당한 건, 자기를 구하러 오라는 놈이 자기가 어디 있는지도 밝히지 않았다는 거다. 나는 급박함이라고는 전혀 느껴지지 않는 편지를 읽고 순간 울고 싶어졌다.

"아, 짜증 나…."

나는 갑자기 나 자신이 불쌍해졌다. 어쩌다 이런 덜떨어진 놈을 좋아하게 됐는지 내 팔자가 참 더럽다는 생각이 들었다. 우리 아빠 같은 천한 인간과 결혼을 한 우리 엄마의 비참한 팔자를 나도 이어받게 된 걸까?

나는 편지를 구겨 쥐고 쭈그리고 앉아 두 손바닥에 얼굴을 묻었다. 장국영 아저씨는 머뭇머뭇 한동안 내 주변을 서성이다가 이렇게 물었다.

"우니?"

나는 대답했다.

"아니요."

거짓말이었다. 나는 울고 있었다. 세르게이의 소식을 알게 된 게 너무 좋아서 울고 있었다.

아저씨가 집으로 돌아가고 나서 나는 연보라색 꾸러미를 신발장 근처에 던져놓았다. '할머니'라는 존재들이 나 같은 어린애들에게 줄 만한 게 어차피 뻔했기 때문에 나는 보자기 안에 들어 있는 게 전혀 궁금하지 않았다. 비녀, 아니면 참빗, 은반지, 낡은 실크 손수건 따위일 게 분명했다. 그러니까 할머니 기준에서 매우 소중한, 애지중지 서랍 속 깊숙이 보관해온 오래된 물건들(냄새나는 것들)일 것이 뻔했다.

"길드에 들어오실래요?"

나는 내 방 책상에 앉아 세르게이의 편지를 세밀하게 분석하기 시작했다. 평소에 미국 과학수사 드라마를 즐겨 본 나 자신을 칭찬해주고 싶었다. 편지 봉투에는 '미람에게'라는 글자 외에는 아무것도 적혀 있지 않았다. 나는 봉투를 조심히 들어 올리고 입으로 바람을 불어 봉투 안쪽에 다른 글자가 적혀 있는지 살펴봤다. 아무것도 없었다.

세르게이가 편지에 암호를 숨겨놓았을지도 몰랐다. 그래서 나는 문장의 첫 글자를 따서 문장을 만들어봤다. '미도나 나올내마천내⋯' 어떤 의미도 없어 보이는 문장이었다. 이번 엔 인터넷에 '오각나라'와 '오각박사'를 검색해봤다. 하지만 눈에 띄는 내용은 없었다. 검색 결과는 입체 오각 퍼즐, 오각형, 정오각형 따위만 보여주었다.

세르게이가 있는 곳에 대한 힌트는 편지 어디에서도 찾을 수 없었다. 혹시 곰돌이 젤리에 어떤 의미가 숨겨져 있는 걸까? 싶어서 곰돌이 젤리도 검색해봤지만 허사였다.

나는 모든 게 부질없다는 걸 깨달았다. 그래서 침대에 벌러덩 드러누웠다. 소득도 없는 암호 분석을 하는 것보다 누워서 세르게이를 욕하는 게 더 생산적이라는 생각이 들었기 때문이다.

내가 알고 있는 이 세상의 모든 욕을 퍼붓고, 이제 더 이상 아는 욕이 생각나지 않을 때쯤에 잠이 오기 시작했다. 역시 나란 녀석은 눕기만 하면 잠이 오는군. 대단한 녀석이야. 대체 세르게이는 저 편지를 어떻게 우리 집으로 보냈을까? 먼저 친구한테 편지를 보내고, 그 친구한테 우리 집 우편함에 꽂아달라고 한 걸까? 근데, 곰돌이 젤리 대용량이 얼마지?

　나는 그날 아무 꿈도 꾸지 않았다. 꿈을 꿀 수 있는 소중한 하룻밤이 이렇게 날아가다니 아쉬웠다. 다행인 건 교복을 입은 채로 자서 다시 교복을 입지 않아도 된다는 사실이었다.

　나는 부스스 일어나서 학교에 갔다. 양치와 세수는 가볍게 건너뛰었다. 어차피 학교에 가봤자 수다를 떨 친구도 없었기 때문에 입 냄새를 걱정하지 않아도 됐다. 친구가 없어서 좋은 점 중에 하나다. 현관문을 나서며 장국영 아저씨가 주고 간 연보라색 보자기 꾸러미를 힐끗 쳐다봤다. 여전히 그 꾸러미의 정체가 궁금하지 않았다. 나는 대문 밖으로 나갔다.

　미리 말하지만, 나는 이 꾸러미를 끝까지 열어보지 않았다. 그래서 대체 그 보자기 안에 무엇이 들었는지 평생 알지 못한 채로 살아가게 됐다. 그리고 그것에 대해 후회하지 않았다. 그 안에 무엇이 들었는지는 내가 결정할 수 없지만, 그것을 궁금해할지 말지는 내가 결정할 수 있었다. 그래서 나는 그것이 무엇인지 궁금해하지 않는 쪽을 선택한 것이다.

　학교가 끝나고, 나는 집으로 향하며 핸드폰을 꺼내 전화를

"길드에 들어오실래요?"

걸었다. 상대방이 '여보세요'라고 하기도 전에 나는 이렇게 말했다.

"저희 길드에 들어오실래요?"

전화기 너머 상대방이 이렇게 말했다.

"길드가 뭔데?"

순간 짜증이 치솟았다. 아, 이렇게 하나하나 설명해줘야 하나? 귀찮은데.

"길드도 몰라요? 마법사랑 전사랑 도둑이랑 궁수랑 점성술사, 뭐 이렇게 뭉쳐 다니는 애들 있어요. 아니 그러니까, 길드에 들어올 거예요, 말 거예요?"

"음… 지금, 네가 무슨 말을 하는지 하나도 모르겠어."

장국영 아저씨는 느릿느릿 신중한 말투로 대답했다. 이 아저씨는 아는 게 하나도 없는 답답하고 모자란 사람인 게 분명했다. 다른 접근 방법이 필요했다.

"아저씨가 받는 시급 얼마랬죠?"

"최저 시급. 9620원."

나는 주머니에서 구겨진 지폐를 꺼내 재빨리 세어봤다.

"아저씨, 제가 아저씨의 시간과 노동력을 14만 2000원어치 살게요. 단기 알바 같은 거라고 생각하시면 돼요. 저랑 어디 좀 같이 가주세요."

"어디를 같이 가?"

아저씨가 되물었다.

"진도요. 세르게이 찾으러 갈 거예요. 아저씨는 제 뒤를 지켜주는 느낌으로, '마법사' 같은 역할 해주시면 돼요."

나는 비장한 목소리로 말을 끝맺었다.

"'전사'는 제가 합니다."

나는 장국영 아저씨와 밤 9시에 시외버스터미널에서 만나기로 약속했다. 그리고 집에 와서 부엌 식탁에 앉아 편지를 썼다. 아빠에게 남기는 편지였다. 카자흐스탄 여자를 만나는지, 태국 여자를 만나는지, 룩셈부르크 여자를 만나는지, 핀란드 여자를 만나는지 내 알 바 아니지만, 하여간 여자 만나느라 집에 들어오지 않는 아빠가 언제 이 편지를 읽게 될지는 알 수 없었다.

아빠.
나 어디 좀 갔다 올게.
학교는 못 갈 것 같아.
선생님한테 전화 오면, 음…
그냥 어디 아프다고 해줘.
수능은 걱정하지 마.
나랑 별 상관없는 일이야.
나… 모의고사 8등급이야.
PS. 안방 서랍에 있던 오만 원 뭉치 내가 가져가.

"길드에 들어오실래요?"

세어보니 오백만 원이네.

나 대학 안 갈 거니까, 그냥 등록금 낸다고 생각해줘.

나는 편지를 다 쓰고 난 후 다시 한 번 주욱 읽어내려갔다.

'대학 안 갈 거니까'를 '대학 못 가니까'로 수정하려다가 자존심이 상해서 그냥 놔뒀다.

운명의
수레바퀴

시외버스터미널에 먼저 도착한 장국영 아저씨는 나를 기다리고 있었다.

아저씨는 정장을 입고 다니던 평소와 다르게 캐주얼한 복장이었다. 물 빠진 헐렁한 청바지에 검은색 운동화, 그리고 통기성이 좋아 보이는 카키색 등산복 티셔츠를 입고 있었다. 나는 그런 아저씨의 옷차림을 보고 나도 모르게 빽 소리를 질렀다.

"아저씨! 옷을 이딴 식으로 입고 오면 어떻게 해요!"

아저씨는 당황하며 자기가 입은 옷을 내려다봤다.

"왜… 이게 어때서… 비싼 건데….'"

나는 씩씩거리며 말했다.

"아저씨는 티피오도 몰라요?"

"티… 티피오? 그게 뭔데?"

아저씨는 눈을 끔뻑거리며 되물었다.

"TPO! Time! 시간! Place! 장소! O!"

나는 순간 O가 무엇의 약자였는지 기억이 안 나서 대충 둘러댔다.

"O!… Object! 목적! 시간과 장소와 목적에 맞는 옷을 입고 오셔야죠! 제가 뭐라고 했어요? 저를 지켜주는 느낌으로, '마법사'가 되어달라고 했잖아요!"

아저씨는 이제 거의 울 듯한 얼굴이었다.

"대체 무슨 옷을 입고 왔어야 하는 건데. 그냥 말을 해줘."

나는 그런 아저씨가 답답해서 눈을 질끈 감았다가 떴다.

"까만색 정장을 입고 와야죠, 깡패처럼! 평소엔 잘만 입고 다녔잖아요! 그래야 여행길에서 나를 지켜줄 거 아니냐고요. 아저씨, 결국 이 세상은 보이는 게 다예요. 깡패처럼 보이면 두 번 싸울 것도 한 번 싸우게 된다고요!"

나는 거의 소리를 지르고 있었다. 내 기세에 놀란 아저씨는 잠시 허공을 쳐다보더니 이렇게 말했다.

"갈아입고 올게."

아저씨가 호다닥 집으로 돌아가고, 나는 터미널 대기실 의자에 메고 있던 배낭을 내려놨다. 그런데 뭔가 기분이 이상했다.

정확히 말하자면 불안했다. 왜 이렇게 불안할까? 버스 출

운명의 수레바퀴

발 시각은 아직 넉넉히 남아 있었고, 아저씨 집은 터미널 근처라고 했다. 초조해할 필요가 없었다. 그런데, 왜 이렇게 심장이 뛸까?

잠시 후 나는 그 이유를 알게 됐다. 자리에서 벌떡 일어난 나는 초조하게 손톱을 물어뜯었다. 클렌징폼을 깜빡하고 챙겨오지 않았던 것이다.

"어쩌지… 나 그거 없으면 세수 못 하는데…."

그 클렌징폼은 오프라인 매장에서 팔지 않고 인터넷에서만, 그것도 해외 직구로만 구매 가능한 프랑스제 유기농 클렌징폼이었다. 세르게이를 찾아다니는 여정 도중에 쉽게 구할 수 있는 그런 시시한 제품이 아니었던 것이다.

나는 머릿속으로 빠르게 계산을 했다. 비록 문과생이지만 간단한 암산 정도는 할 수 있었다. '집까지는 걸어서 20분. 그렇다면 왕복 40분. 버스 출발은 30분 후.'

결론은 하나였다. 클렌징폼을 포기하고 떠나는 것?

아니, 달리는 것이었다.

나는 배낭을 터미널에 놔두고 집을 향해 달리기 시작했다. 다행히 나는 달리기를 잘했다. 체력검사 때 오래달리기에서 일등을 한 적도 있었다. 5분쯤 달리니 숨이 턱 끝까지 차오르고, 입 안에서 쇠 맛이 났다.

그때였다. 헉헉대며 속도가 느려지던 그때, 엄마가 생각났다. 엄마는 학교 다닐 때 운동을 잘했다고 했다. 아무래도 나는 엄마의 운동 실력과 까만 피부를 물려받은 게 분명했다. 젠장.

하지만 오늘만큼은, 지금 이 순간만큼은 그런 엄마의 피를 물려받은 내 자신이 조금(아주 조금) 자랑스러웠다. 프랑스 유기농 클렌징폼아, 기다려! 내가 너를 찾으러 갈게.

신발을 신은 채로 집에 들어간 나는 헉헉대며 욕실로 향했다. 클렌징폼을 낚아채고 욕실에서 나가려는 순간, 욕실 거울에 비친 내 얼굴이 눈에 들어왔다.

"오늘따라 왜 이렇게 못생겼냐."

못생긴 내 얼굴을 보자 순식간에 우울함이 밀려왔다. 그러자 조급했던 마음이 쑤욱 가라앉았다.

나는 허둥대던 걸 멈추고 거실 소파에 가서 벌러덩 누웠다. 땀방울이 이마를 타고 흘러내렸다. 집에는 정적만이 가득했다. 부엌 식탁 위에는 내가 아빠에게 남기고 간 편지가 덜렁 놓여 있었다. 아빠는 집에 들어오지 않은 것 같았다. 나는 얼굴의 땀을 손으로 대충 닦아내며 차근차근 현재 상황을 정리해봤다.

1. 세르게이는 아직 다섯 번째 삶을 살고 있다. (이건 99% 사실. 나한테 편지를 보냈으니까)

2. 나는 세르게이를 좋아한다. (확실하진 않다. 75% 정도?)

3. 나는 못생겼다. (100% 사실)

4. 못생긴 애들은 나대지 말고 가만히 있는 게 상책이다.
(200% 사실)

어쩌면, 떠나지 않는 게 맞을지도 모른다. 갑자기 세르게이를 마주할 자신이 없어졌다. 걔는 애가 바보라 그렇지 얼굴 하나는 잘생겼으니까. 그에 반해 나는 피부도 까맣고, 못생겼다.

나는 세르게이를 찾으러 여행을 떠나는 게 맞는지 다시 한번 진지하게 생각했다. 세르게이를 찾아낸다고 해도 그 이후는 어찌 될 것인가? 좋아한다고 말을 하면 뭐가 달라질까? 내 말을 믿어주기나 할까?

거울을 보지 말걸 그랬다. 안 봤으면 순식간에 우울해질 일도 없었을 테고, 그러면 이렇게 주저앉아 있지도 않았을 테고, 이미 터미널에 도착해서 아저씨랑 버스를 탔을 텐데. 고민하지 않았을 텐데.

갑자기 모든 게 부질없게 느껴졌다. 아, 세르게이를 찾으러 가지 말까? 그냥, 세르게이 없는 상태로 이렇게 살까? 세월이 약이니까 언젠간 잊을 수 있지 않을까? 대학에 가면 다른 남자와 사랑에 빠질 수 있지 않을까? 8등급 점수로 갈 수 있는 대학이 있을까? 아빠는 지금 어느 나라 여자와 데이트를 하고 있을까? 자퇴하고 진도로 가서 엄마랑 같이 살까? 클렌징폼 다 써가는데 새것 주문해야겠다….

이따위 생각들을 하다 보니, 머리만 대면 자는 습성을 가진 나는 어느새 소파 위에서 잠이 들고 말았다. 어찌 보면 속 편한 인생이 아닐 수 없다. 나는 그렇게 터미널에 놓고 온 배낭과 내 호통을 들고 옷을 갈아입으러 간 장국영 아저씨를 잊은 채로 깊은 잠을 잤다. 뛰어오느라 피곤했던 모양이다.

잠에서 깨 어두컴컴한 거실의 벽시계를 바라봤을 땐 이미 자정이 넘어 있었다. 터미널의 모든 버스가 끊긴 시각이었다. 세르게이를 찾기 위한 여행은 무산되었고, 길드는 해체되었다.

'잘됐다. 모든 것은 순리대로 돌아가리라. 미람아, 너의 일상으로 돌아가거라.' 나는 내 자신에게 중얼거렸다.

나는 마른세수를 하고 토스트기에 식빵을 넣었다. 2분 후, 잘 구워진 식빵이 토스트기 위로 튀어 올랐다. 냉장고에서 크림치즈를 꺼내 식빵 가장자리까지 야무지게 발랐다. 입 안에 침이 고였다. 식빵을 반으로 접어 한 번에 욱여넣었다.

바삭한 식빵 겉면이 내 입 안을 이리저리 할퀴었다. 구운 식빵을 먹고 나면 입천장이 아파서 먹은 걸 항상 후회하는데 그걸 잊고 또 이렇게 먹게 된다. 돼지들은 원래 기억력이 안 좋은 법이다. 그래야, 또 먹으니까.

운명의 수레바퀴

식탁 의자에 멍하니 앉아 '하나 더 먹을까?' 고민하고 있는데 누군가 현관으로 들어왔다. 장국영 아저씨였다. 까만 정장을 입은 아저씨는 큰 배낭을 메고 있었다.

"그거… 제 가방인데."

아저씨는 배낭을 거실 바닥에 내려놨다.

"네 가방 맞지? 다행이다. 집에서 옷 갈아입고 터미널에 가서 너를 기다렸어. 네 가방 같아서 그 옆에 앉아 계속 기다렸는데도 네가 안 와서 여기로 와봤어."

나는 뒤늦게야(정말이지 너무 늦은 거 아닌가?) 아저씨에게 미안해졌다.

"아이, 참… 기다리지 말고… 전화를 하시지…."

아저씨는 아무 말 없이 양복바지 주머니에서 무언가를 꺼냈다.

"이거."

내 핸드폰이었다.

"핸드폰도 두고 갔더라. 그래서 그냥 계속 기다렸어. 무슨 급한 일이 있나 보다 싶어서."

나는 조용히 핸드폰을 건네받고 아저씨 눈치를 봤다.

"아저씨… 혹시 화나셨… 죄송해요…."

아저씨는 멍하니 텅 빈 거실 벽을 바라보다가 이렇게 말했다.

"아니야. 너한테 고맙더라."

나는 속으로 생각했다. 이 아저씨는 지금 반어법을 쓰고 있는 게 분명하다고, 지금 나한테 화를 내고 싶은데 어른이라 차마 성질은 못 내겠고, 돌려서 까는 거라고 생각했다. 순간 나는 아저씨의 태도에 화가 났다. 아니, 깡패였다는 인간이 고등학생 여자애한테 화도 한번 못 내고, 이렇게 말랑말랑한 태도로 어떻게 '마법사' 역할을 하며 나를 지켜준다는 거지?

"터미널에 앉아서 널 기다리다가 거기서 내 첫사랑을 만났어. 네가 사라지지 않았다면 걔를 거기서 마주치지 못했을 거야. 그래서, 너한테 정말 고마워."

나는 놀라서 사레가 들렸다. 쿨럭쿨럭 기침을 하자 아까 먹은 빵 덩어리가 목구멍 안쪽에서 튀어나와 흐물흐물한 상태로 바닥에 흩뿌려졌다. 아저씨는 놀라서 내 등을 두들겨줬는데, 작은 체구와 다르게 아저씨의 손바닥은 크고 단단했다.

기침이 멎었는데도 아저씨는 계속 등을 두들겼다. 나는 아저씨의 팔을 밀쳐냈지만 아저씨는 걱정스러운 표정을 한 채 그 크고 단단한 손바닥으로 내 등을 내리쳤다. 나는 소리쳤다.

"그만해요! 아프다고요!"

그제야 아저씨는 동작을 멈추고 나를 바라봤다. 아저씨는 겁먹은 두 눈을 동그랗게 뜨고 이렇게 말했다.

"미안해."

이 아저씨는 왜 이렇게 한결같이 바보 같을까? 나는 아저씨의 큰 눈과 긴 속눈썹을 바라보며 생각했다.

"내 첫사랑을 만났어."

아저씨가 다시 말을 꺼냈다. 나는 얼굴을 찌푸렸다. 아, 정말이지 궁금하지도 않고 듣고 싶지도 않은, 나이 든 사람들의 시시한 옛사랑 얘기가 시작되려는 건 아니겠지.

아저씨는 중얼거렸다.

"내 첫사랑…"

나는 내 방으로 들어가 국어 비문학 모의고사 문제집을 풀고 싶은 강한 충동을 느꼈다. 그만큼 이 자리를, 이 대화를 피하고 싶었다. 아저씨한텐 미안한 일이지만 나는 '늙은 남자의 첫사랑' 따위는 하나도 궁금하지 않았다.

"버스터미널 대기실에서… 청소를 하고 있더라. 내 고등학교 동창이야. 걔는 졸업하고 스무 살 때 다른 지역으로 떠났었거든. 그 이후로 본 적이 없는데 다시 돌아온 모양이더라고. 근데 웃긴 건, 시간이 20년이 넘게 지났는데 걔는 하나도 안 늙었더라."

아저씨는 작게 웃음을 터트렸다.

대체 뭐가 웃긴 거지? 항상 생각하는 거지만 어른들의 웃음 코드는 이해하기 어렵다.

"나는 이렇게 나이 든 아저씨가 됐는데."

아저씨는 손을 앞뒤로 뒤집어가며 자세히 살펴보더니 뜬

금없이 이렇게 말했다.

"내 손, 여자 손처럼 생기지 않았어?"

나는 얼굴을 찌푸리며 대답했다.

"아저씨, 여자 손 본 적 없어요? 헐크 손같이 생겼는데 무슨 여자 손이래."

아저씨는 머쓱하게 웃었다.

"그런가."

나는 얼른 이 상황을 종결시키기 위해 이야기의 진도를 나가기로 결정했다.

"아, 그래서, 말 걸었어요, 그 아줌마한테?"

순간 아저씨의 눈빛이 흔들렸다. 난 그 눈빛을 보고 직감했다. 그럼 그렇지. 이 아저씨 성격이라면 쫄보처럼 말도 못 걸고 그냥 쳐다보기만 했을 게 분명했다. 어쩌면, 쑥스러워서 몸을 숨겼을 수도 있다. 이 아저씨라면 충분히 가능한 일이다.

"아줌마 아니야. 아저씨야."

나는 이 말의 의미를 한참 동안 생각한 후 작은 탄식을 내뱉었다. 어떤 반응을 보여야 할지 알 수 없어서 그냥 아무 말 안 했다. 아저씨도 아무 말 없었다. 그렇게, 장국영 아저씨가 그 아저씨에게 말을 걸었는지, 둘이 대화를 나눴는지, 연락처를 교환했는지, 나중에 소주 한잔하기로 했는지 알지 못한 채 이야기는 끝이 났다.

아저씨가 침묵을 깨고 말했다.

"그래서… 그 '길드'라는 건 이제 어떻게 되는 거야? 네 친구라는 애, 세르게이를 찾으러 떠나자며."

나는 하품을 하며 대답했다.

"갈 건데요, 첫차 타고 가요. 지금 새벽 1시니까 네 시간 있으면 진도 가는 첫차 떠요."

"진도? 걔가 진도에 있어?"

나는 짧게 말했다.

"네."

아저씨는 더 묻지 않고 고개를 끄덕였다. 나는 소파에 누웠다.

"아저씨, 저 조금만 잘게요. 아저씨도 아무 데나 누워서 주무세요."

아저씨는 고개를 저었다.

"난 버스에서 자면 돼."

그러던가 말던가.

내가 잠에 빠져들려던 순간, 아저씨가 말했다.

"저기, 말이야…"

그 말을 듣자 갑자기 화가 치솟으며 잠이 깼다. 나는 벌떡 일어나 외쳤다.

"미람! 미람이라고 부르라고요! '여어', '저기', '그게 말이야', 이런 말 쓰지 말고! 분명하게, '미람아'라고 부르라고요!

알아듣겠어요? 네?"

아저씨가 움찔했다.

"어어… 미… 미람아. 너한테 할 말이 있는데."

"그거 봐요! 하면 되잖아요! 왜요!"

"저기…."

"'저기'라는 말 쓰지 말라고 했죠!"

"그게 말이지…."

"'그게 말이지'도 쓰지 말라고 했어요, 안 했어요?"

아저씨는 결심한 듯, 교과서를 읽는 것 같은 딱딱한 목소리로 이렇게 말했다.

"네 배낭, 여행을 떠나기엔 좀 무거운 것 같아. 짐을 좀 줄여보는 것이 어떨까? …미람아."

대체 무슨 소리를 하는 거지? 나는 눈을 동그랗게 뜨며 되물었다.

"정말 필요한 것만 넣은 건데요? 더 줄이는 건 힘들어요."

아저씨는 나보다 눈을 더 크게 뜨며 이렇게 말했다.

"대체 뭐가 들었는데? 필요한 게 그렇게나 많아? 얼추 15킬로는 넘는 것 같던데.

나는 한숨을 푹 쉬었다. 정말이지, 이 아저씨는 하나부터 열까지 다 가르쳐줘야 하는 사람이구나. 어딘가 하자가 있는 사람이구나. 내가 이 사람을 데리고 긴 여행을 떠날 수 있을까, 갑자기 자신이 없어졌다. 나는 관대한 부처의 마음으로 하나하나 가르쳐줘야겠다고 생각했다.

"잘 보세요, 아저씨."

나는 바닥에 주저앉아 배낭을 풀고 물건을 하나씩 꺼내 아저씨에게 보여줬다.

"얼굴용 선크림, 바디용 선크림, 각질 제거 팩, 모공 팩, 블러셔(볼에다 칠하는 거예요), 아이섀도, 틴트 다섯 개(말린 장미색, 딥레드색, 핫핑크색, 무화과색, 맑은 사과색), 립밤 두 개(낮에 바르는 거랑 자기 전에 바르는 거 두 가지인데 서로 효과가 달라요), 쿠션팩트, 파운데이션, 메이크업 스펀지, 메이크업 브러시, 눈썹 정리 칼, 바디 로션, 바디 샤워 젤, 샴푸, 트리트먼트, 바디 각질 제거제, 그리고 종합비타민, 영양제, 유산균, 비타민B, 글루타치온, 오메가3, 마그네슘, 이건 일기장, 노트, 필통, 영어 회화책《패턴 300개만 외우면 미국인처럼 말할 수 있다!》, 헤어드라이어, 매직기, 고데기, 헤어 에센스, 스누피 잠옷, 갈아입을 청바지, 티셔츠, 원피스, 운동화, 슬리퍼, 샌들, 속옷, 생리대, 팬티 라이너, 손톱깎이, 코끼리 인형(코가 위로 올라가 있어서 이름은 '코업'이고 잘 때 껴안고 자요), 여행용 베개, 텀블러, 숟가락이랑 젓가락(아저씨 것도 챙겼으니 걱정하지 마세요), 핸드폰 충전기, 보조 배터리, 미니 가습기. 그리고 세르게이가 사 오라고 한 곰돌이 젤리. 끝! 이게 전부예요. 별거 없죠? 여기서 더 줄

일 수는 없어요, 진짜예요. 이것들은 저한테 '꼭' 필요한 물건
들이거든요."

아저씨는 바닥에 놓인 내 물건들을 입을 벌린 채로 멍하니
둘러보다가 이렇게 말했다.

"배낭… 내가 멜게."

나는 굳이 사양하지 않았다.

"뭐, 좋을 대로 하세요. 얘네 다 가방에 다시 넣어주세요.
전부 아저씨 때문에 꺼낸 거니까."

아저씨는 글루타치온 영양제 통을 들여다보더니 물었다.

"'글루타치온'이 뭐야?"

나는 대답하지 않고 소파에 돌아누운 채로 뒤척였다. 촌스
럽게, 글루타치온도 모르고. 미백에 좋은 영양제라고 말해줄
까 하다가 귀찮아서 그만뒀다.

아저씨는 내 물건들을 혹시나 망가트릴까 싶어서 조심스
럽게 들어 올리고, 잠시 들여다보며 구경하고, 배낭에 살며시
넣었다. 그런 것 같았다. 보진 못했지만, 등 뒤로 들려오는 소
리를 통해서 알 수 있었다.

왠지 이 여행이 쉽지만은 않을 것 같았다.

어쩌면 '운명의 수레바퀴'가 돌아가고 있는 것인지도 몰
랐다.

운명의 수레바퀴

타로 카드 중 10번 카드, 운명의 수레바퀴. 이 카드를 뽑은 사람은 피할 수 없는 운명의 굴레에 올라타게 된다. 나는 수레바퀴가 돌아가는 소리를 연상해내려고 애썼지만, 삐걱삐걱 소리만 겨우 떠올릴 수 있었다.

'삐걱삐걱.'

나는 이 네 글자야말로 이번 여행을 상징하는 단어가 될 것 같다는 불길한 예감이 들었다(그리고 그 예감은 현실이 되었다).

명성황후와
시 혐오자들

인생의 묘미는
만남에 있다

6시 10분, 아저씨와 나는 진도로 향하는 버스에 올라탔다. 나는 버스 맨 뒷줄, 다섯 자리가 붙어 있는 높은 좌석에 앉았는데 아저씨는 나에게 "그 자리는 멀미 오는 자리"라며 다른 곳에 앉으라고 권유했다. 나는 그 말을 가볍게 무시했다.

아저씨는 내 바로 앞자리에 앉았다. 덕분에 나는 아저씨의 정수리를 위에서 내려다볼 수 있었다. 정수리 부분의 머리숱이 듬성듬성했다. 나는 저 머리숱의 형태가 원형 탈모인지 궁금했지만, 묻지는 않았다. 아저씨가 슬퍼할까 봐 걱정됐기 때문이다.

버스가 출발했다. 나는 이어폰을 끼고 노래를 들었다. '그냥 하염없이 눈물이 나~ 그냥 하염없이 서글퍼져~' 가사는 슬펐지만, 멜로디는 신났다. 꼴에 이것도 여행이라고 기분이 조금 들썩거렸다. 하지만 그것도 잠깐이었다. 얼마 지나지 않아 기분이 가라앉았다. 세르게이와 진도로 향했던 추억이 떠올랐기 때문이다.

나는 창밖을 바라보며 세르게이를 떠올렸다. 진도에 가면 세르게이를 찾을 수 있을까? 어디로 가야 할까? 세르게이는 안판식의 시체를 찾았을까? 오각박사는 누구일까? 곰돌이 젤리는 왜 사 오라고 했을까?

진도로 향하는 기나긴 시간 동안 나는 한숨도 자지 못했다. 그런 나와 달리 아저씨는 머리를 이리저리 휘저으며 자고 있었다. 나는 곤히 잠든 아저씨가 괜히 얄미웠다.

휴게소에서 아저씨와 나는 회오리 감자와 핫바를 사 먹었다. 14000원이 나왔다. 아저씨가 계산하려는 걸 내가 막았다.

"아저씨, 앞으로 우리가 먹는 모든 음식은 제가 계산할게요."

아저씨는 얼굴을 찌푸렸다.

"네가 무슨 돈이 있다고."

"저, 500만 원 있어요."

나는 아저씨가 '너 그 돈 어디서 났어?'라고 물을 것에 대비해 빠르게 거짓말을 생각해냈다. 아빠 돈을 훔쳐왔다고 말할 수는 없었기 때문이다. 아니나 다를까, 아저씨가 놀란 눈으로 나를 쳐다봤다. 그러더니 입을 열었다.

"핫바 하나 더 먹어도 돼? 치즈 핫바 맛있겠다."

버스가 다시 출발했다. 아저씨는 다시 잠들었다. 나는 멍하니 창밖을 바라봤다. 풍경이 내 곁을 쉭쉭 지나쳐 갔다. 눈에 담기지 않는 풍경을 흘려보내며 내 인생이 어디로 흘러가고 있는 건지 곰곰이 생각해봤다. 하지만 그딴 걸 알 수 있을 리가 없었다.

무려 여섯 시간 반 만에 아저씨와 나는 진도버스터미널에 도착했다. 하도 오래 앉아 있었더니 엉덩이뼈가 짓물러서 말랑말랑해진 것 같았다. 새삼 버스 기사 아저씨들이 존경스러웠다. 그래서 버스에서 내릴 때 "기사님 감사합니다!" 하고 우렁차게 인사했다. 하지만 버스 기사 아저씨는 그런 내 인사에 아무 반응도 하지 않았다. 조금 섭섭했지만 괜찮았다. 아마도 기사 아저씨는 지금 입도 뻥긋 못 할 만큼 피곤한 거겠지.

나는 시골 똥개가 묶여 있던 개집을 두리번거리며 찾아봤다. 하지만 터미널 공터에는 아무것도 놓여 있지 않았다. 나는 자기가 풀려난 줄도 모르고 소시지를 맛있게 먹던 잘생긴 똥개와 그 옆에 쭈그리고 앉아 있던 치매 할머니를 떠올렸다. 그리고 거의 자동적으로, 세르게이가 떠올랐다. 나는 한숨을 푹 내쉬었다.

기분이 이상했다. 내 곁에 당연하게 있던 것들이 지금은 없다는 사실이 이상하리만큼 나를 쓸쓸하게 만들었다. 똥개도 할머니도 세르게이도 없는… 어? 그리고 또 뭔가 없는 것 같은데. 뭐지, 이 허전함은? 나는 아저씨에게 물었다.

"아저씨, 제 배낭 어디 있어요?"

팔을 쭉 펴고 스트레칭을 하고 있던 아저씨의 몸이 순간 굳었다. 아저씨가 말했다.

"어… 버스에 놓고 내린 것 같은데?"

'하등 도움이 안 되는 인간.'

나는 마음속으로 장국영 아저씨에 대한 정의를 이렇게 내렸다. 저딴 인간을 내 보디가드(마법사 역할)라고 데려왔다니…. 사람 보는 눈이 거지 같다는 걸 인정해야 했다.

나는 더 나아가, 어쩌면 세르게이도 좋아할 만한 남자애가 아닐지도 모르겠다는 생각을 했다. 왜냐고? 나의 사람 보는 눈이라는 게 뻔했으니까. 나는 그렇고 그런, 시시하고 덜떨어진 인간들에게 둘러싸인 채로 이번 생을 마감하게 될지도 모른다.

터미널 직원에게 물으니 우리가 안산에서 타고 온 버스는 차고지로 돌아갔다고 했다. 차고지는 여기서 2킬로미터 떨어진 곳에 있었다. 나는 가방을 되찾을 수 있을 거라고 기대하지 않았다. 잃어버린 물건들은 주인의 의지와는 달리 긴 여행을 떠나는 법이니까.

장국영 아저씨와 나는 차고지를 향해 터덜터덜 걸어갔다.

아저씨는 내 눈치를 보느라 열 발자국 정도 뒤처져서 걷고 있었다. 이따금 힐끗 뒤를 돌아보면 아저씨는 고개를 푹 숙인 채였다. 아저씨는 미안해하는 동시에 내가 화가 많이 났을까 봐 두려워하고 있었다.

아저씨의 예상과는 달리 나는 가방을 잃어버린 것에 별로 화가 나지 않았는데, 색깔이 맘에 들지 않아서 하나 새로 사야겠다는 생각을 하고 있었기 때문이다. 더군다나 내가 어깨에 메고 있는 크로스백 안에는 프랑스제 클렌징폼과 쿠션팩트, 그리고 틴트 두 개가 들어 있었다. 중요한 것들은 크로스백에 따로 챙긴 것이다. 배낭 안에 든 것들은, 뭐, 나중에 다시 사면 그만이었다.

나는 아저씨에게 이 상황을 설명할까 고민했다. 하지만 아저씨가 주눅 든 모습이 은근히 맘에 들어서 그냥 내버려두기로 했다.

시외버스 차고지에서 우리가 타고 왔던 버스의 기사님을 만났다. 기사님은 "승객이 모두 내린 다음 분실물이 있는지 항상 확인하고 내리는데 파란색 배낭은 보지 못했다"고 말했다. 이게 어찌 된 일인가 싶어서 아저씨를 쳐다봤다. 아저씨는 뭔가 알고 있는 듯했고, 거의 울 것 같은 표정을 짓고 있었다. 내가 한숨을 쉬고 말했다.

"울지 말고, 천천히 말해보세요."

"…배낭, 너희 집에 두고 온 것 같아. 신발 신느라 현관 옆에 잠깐 내려놨는데 깜빡하고… 오, 오해하지 마! 절대로, 무거워서 일부러 놓고 온 거 아니야!"

나는 그 말을 듣고 실망했다. 왜냐하면, 차고지로 걸어오는 길에 새로 살 배낭 색깔을 정해놨기 때문이다(지금 배낭은 파란색이어서 맘에 들지 않았고, 밝은 회색으로 살 계획이었다).

아저씨와 나는 걷기로 했다.

"무거운 짐도 없겠다, 그냥 천천히 걷죠 뭐. 짐 없으니까 좋네. 아이, 좋네. 어떤 현명하신 분이 가방을 놓고 오신 덕분에 가볍게 걸을 수 있어서 참 좋네요. 어쩜, 날씨도 좋아. 가방 없이 걷기에 딱 좋은 날씨네."

나는 아저씨의 죄책감을 자극하기 위해 일부러 얄밉게 말했다. 아저씨는 고개를 작게 끄덕이며 열다섯 살 먹은 늙은 개처럼 느릿느릿 내 뒤를 따라왔다.

그렇게 목적지 없이 시골길을 걷고 있는데 저 멀리 어디선가 '징징징징~' 하는 소리가 들려왔다. 사물놀이 같은 걸 하고 있나? 곧이어 '풍악을 울려라~' 할 때 울려 퍼지는 그 풍악 소리가 바람을 타고 왔다. 심장이 쿵쿵 뛰었다.

이상한 일이었다. 나는 국악에 관심이 없는데? 생각해보니 관심이 없는 게 아니라 국악기 소리를 듣는 게 처음이었다. 지루하고 촌스럽다고 생각했던 국악기 소리를 실제로 들으니 이유는 모르겠지만 심장이 꿀렁였다.

"아저씨, 우리 저기 가봐요."

아저씨가 걱정스러운 눈빛으로 나를 바라보았다.

"괜찮겠어? 저기… 안 가는 게 좋을 텐데…."

이건 뭔 또 생뚱맞은 반응인가 싶어서 갑자기 짜증이 났다. 배낭도 놓고 온 인간이 나에게 훈계를 하다니.

"아니, 학생이 사물놀이 좀 구경하겠다는데 안 가는 게 좋겠다니 무슨 말을 그렇게 해요? 아저씨는 체험 학습도 몰라요?"

아저씨는 곤란한 표정으로 이렇게 말했다.

"저기서 사물놀이 하는 거 아니야. 네가 보면 좀 놀랄 수도 있는데…."

아저씨 말이 맞았다. 소리가 들려온 그곳에서는 사물놀이가 아니라 굿판이 벌어지고 있었다.

알록달록한 색동 한복을 입은 무당이 무시무시하게 생긴 큰 칼로 굿판 중앙에 놓인 죽은 돼지의 배를 갈랐다. 시뻘건 피가 흘러나왔다. 무당은 말랑말랑한 내장을 꺼내(죽은 지 얼마 안 된 돼지 같았다) 우적우적 씹어 먹었다. 돼지 내장에서 흘러나온 피 때문에 무당의 손과 얼굴은 금방 피범벅이 되었다. 아저씨가 나에게 말했다.

"이제 슬슬 갈까?"

나는 무당에게 시선을 꽂은 채로 말했다.

"재밌어 미치겠는데 어딜 가요."

아저씨는 복잡한 눈길로 나를 쳐다봤다.

내가 입을 헤벌린 채 무당이 작두에 올라타는 광경을 보고 있는데, 아저씨가 내 옆구리를 푹 찔렀다. 이 아저씨가 미쳤나, 어딜 찌르는 거야? 나는 휙 돌아봤다. 그런데 내 옆구리를 찌른 사람은 아저씨가 아니었다. 키가 내 가슴 정도까지 오는, 바가지 머리를 한 남자애였다. 앳된 얼굴로 보아 중학생 같았다.

"뭐야 너는?"

나는 남자애를 째려보며 물었다. 그러자 남자애는 손가락을 입술에 대고 이렇게 말했다.

"쉿!"

남자애에게 뭐라고 한마디 하려다가 나는 다시 고개를 돌려 무당을 지켜봤다. 굿판에서는 하이라이트라고 할 만한 일이 벌어지고 있었다. 무당이 날카로운 칼 위에 올라서서 춤을 추는 거였다. 아니, 저게 가능한 일인가? 왜 발에서 피가 나지 않는 걸까? 마술사들처럼 어떤 트릭이 있는 건가? 무당은 무아지경에 빠진 듯 눈에 흰자위만 보였다. 눈알이 뒤로 돌아가 있었다.

그때 누군가 다시 내 옆구리를 찔렀다. 아까 그 바가지 머리 남자애였다.

"야, 너 뒤질래?"

남자애는 내 협박을 듣고도 빙긋빙긋 웃기만 했다. 뭐지, 이 자식은? 내가 욕을 한바탕 퍼부어주려던 그때, 남자애가 먼저 입을 열었다.

"쉿! 내가 누구인 줄 알아?"

오케이. 느낌이 왔다. 이 남자애는 여느 동네마다 하나쯤 있는, 상태 안 좋은 그런 애인 게 분명했다. 나는 대꾸하지 않고 주위를 둘러보며 장국영 아저씨를 찾았다. 아저씨에게 얘를 처리해달라고 해야지. 이럴 때 요긴하게 쓰려고 아저씨를 데려온 거니까.

그런데 아저씨는 굿판 어디에서도 보이지 않았다. 나는 한숨을 푹 쉬었다. 이 아저씨에 대한 정의가 다시 떠올랐다. '하등 도움이 안 되는 인간.'

"내가 누구인 줄 아느냐고!"

내가 아무 말이 없자 남자애는 약이 올랐는지 씩씩대며 소리를 높였다. 그래서 나도 소리쳤다.

"몰라, 이 빙그레 또라이야!"

이런 내 반응이 마음에 들었는지 남자애는 침착하게 숨을 고르고는 싱긋싱긋 웃으며 말했다.

"나는 명성황후야."

아무래도 남자애는 내 반응을 기다리는 눈치였다. 그래서 나는 이렇게 말했다.

"명성황후가 뭔데?"

순간 남자애의 얼굴이 일그러지더니 눈에 눈물이 그렁그렁 고였다.

"이… 이게… 나를 갖고 장난치느냐! 무엄하도다!"

갑자기 콧속이 간지러워서 코를 파고 싶었다.

"아니 그러니까, 네 얘기 들어줄 테니까, 우선 설명을 해봐. 명성황후가 뭐냐고."

내가 새끼손가락으로 코를 파며 다시 물었다. 요즘 유행하는 드라마 제목인가? 중국 역사 드라마인가? 텔레비전을 잘 안 보는 나로서는 어린 친구들 사이에서 무엇이 인기를 끄는지 도무지 알 수 없었다.

"나… 나는 조선의 마지막 왕비다!"

빙또는 웃음기 없는 얼굴로 소리쳤다. 그 얼굴은 '마지막 왕비'답게 조금 근엄해 보이기까지 했다. 하지만 굿판이 클라이맥스로 향하고 있던 터라 남자애의 목소리는 징 소리와 북 소리에 묻혀 힘없는 중얼거림이 되고 말았다.

나는 굿판 여기저기를 둘러보며 장국영 아저씨를 찾았다.

"아저씨! 아저씨!"

아저씨는 저 멀리 잔칫상이 펼쳐진 곳에서 음식을 입에 욱

여넣고 있었다. 주위가 시끄러워서 내 목소리가 안 들리는 모양이었다. 이제 아저씨는 커다란 야채 쌈 같은 것을 입에 넣고 있었다. 나는 저 인간이 대체 언제까지 먹나 지켜보려다가 한숨을 쉬고 아저씨에게 다가갔다.

"어… 어? 너구나. 미람아, 이거 한번 먹어볼래? 맛이 기가 막힌다. 역시 음식은 남도 음식이 맛있어."

아저씨는 내 의사와는 상관없이 내 입에 보쌈을 가득 쑤셔 넣었다.

"앙정씽, 뒹징랭영?"

아저씨, 뒤질래요? 라고 말하고 싶었지만 입 안에 가득 찬 보쌈 때문에 제대로 된 말을 할 수 없었다.

내 뒤를 따라왔는지 빙도도 내 옆에 멀뚱멀뚱 서 있었다. 아저씨는 남자애의 입에도 보쌈을 쑤셔넣어줬다.

"낭… 낭능 뭉성황훙당!"

남자애도 뭐라 중얼거렸는데 무슨 말인지는 알아들을 수 없었다. 그렇게 남자애와 나는 둘 다 입을 오물거리며 아저씨를 째려봤다. 아저씨는 이제 보쌈김치를 집어 먹고 있었다. 나는 겨우 고기를 씹어 넘기고 아저씨에게 소리쳤다.

"또 주세요!"

아저씨는 '그럼 그렇지. 이 맛을 거부할 사람은 아무도 없어'라고 말하듯 엄숙한 표정을 짓더니 이번에는 보쌈에 김치까지 올려서 내 입에 넣어줬다.

맛있었다. 옆에서 이 광경을 심각한 표정으로 바라보던 남자애도 곧 입을 '아' 하고 쩍 벌렸다. 아저씨는 남자애의 입에도 김치를 올린 보쌈을 넣어줬다. 빙또와 나는 그렇게, 시끄럽게 꽹과리가 울리는 굿판 귀퉁이에서 아기 새처럼 입을 벌린 채 어미 새가 주는 보쌈을 꿀떡꿀떡 받아먹었다.

굿이 끝나고 잔칫상으로 사람들이 모여들었다. 아저씨와 나는 슬금슬금 눈치를 보며 자리를 피했다. 그때, 등 뒤에서 이런 소리가 들려왔다.

"아니, 시방 누가 보쌈을 다 처먹응겨?"

아저씨와 나는 약속이라도 한 것처럼 종종걸음으로 굿판을 빠져나왔다.

나는 이빨 사이에 낀 고춧가루를 혀로 떼어내려 애쓰다가 아저씨에게 물었다.

"지금 몇 시예요?"

아저씨는 대답했다.

"17시 20분. 아, 아니, 5시 20분."

나는 걸음을 멈추고 생각에 잠겼다.

'안산에서 새벽 6시에 출발해서 진도버스터미널에 도착한 게 오후 1시 반, 차고지에 갔다가 여기까지 온 게 대충 한 시간 정도 걸렸고, 2시 반부터 굿판을 봤다는 건데… 벌써 세 시간이 지났다고? 왜 이렇게 시간이 빨리 흘렀지?'

이렇게 순식간에 시간이 흐른 건 〈어벤져스 엔드 게임〉을 본 이후로 처음이었다.

"곧 해가 질 거야. 우선 잘 데를 찾아보자."

아저씨가 심각한 목소리로 말했다. 아저씨는 사냥감을 찾는 치타처럼 목을 길게 빼고 들판 너머를 바라봤다. 나는 아무것도 없는 들판을 바라보는 아저씨가 한심하게 느껴졌다.

"우리 집 갈래요?"

아저씨와 나는 목소리가 들린 곳을 향해 휙 돌아봤다. 바가지 머리 남자애, 명성황후가 우두커니 서서 우리를 바라보고 있었다.

"야, 너 왜 따라왔냐?"

내가 눈으로 레이저를 쏘며 사납게 물었다.

"응. 하루만 재워줄래?"

아저씨가 날름 대답했다.

"아저씨, 얘가 누군 줄 알고 모르는 사람 집에 덜컥 가요? 그러다가 장기 털리면 어쩌려고요? 자고 일어났더니 신장 한쪽 없으면 어떡하려고요? 신장이 얼마나 중요한 장기인 줄 알아요?"

하지만 이미 아저씨와 명성황후는 도란도란 이야기를 나누며 나란히 걷고 있었다.

"너희 집 여기서 멀어?"

"아니요. 금방 가요. 근데 아저씨, 저, 명성황후예요."

"그래? 대단하구나⋯. 근데 명성황후가 뭐니?"

"조선의 국모라고나 할까요?"

"국모가 뭔데?"

이따위 대화를 나누며 말이다.

　지금은 농사를 짓지 않는 듯 쓰레기만 군데군데 쌓여 있는 빈 밭 근처에 명성황후의 집이 있었다. 다 쓰러져가는 오래된 집이었다. 예전엔 파란색이었을 것으로 추정되는 빛바랜 슬레이트 지붕은 여기저기 녹슨 데다 구멍이 숭숭 뚫려 있었다. 지붕으로서의 기능을 상실한 지 오래인 것처럼 보였다. 외벽은 벽돌과 나무와 콘크리트가 제멋대로 섞여 있는 게, 문제가 생길 때마다 임시로 때운 것 같았다. 그 집을 보니 '아기 돼지 삼 형제' 이야기가 떠올랐다.

　첫째 돼지는 짚으로 대충 집을 짓고, 둘째 돼지는 나무로 대충 집을 짓고, 셋째 돼지만 공들여 벽돌을 쌓아 집을 지었다. 어느 날 태풍이 불어닥치자 첫째 돼지와 둘째 돼지의 집은 무너져 내리고, 튼튼하게 지은 셋째 돼지의 벽돌집만 무너지지 않았다는 내용의 동화. '매 순간 성실하게 열심히 살자'는 주제를 가진 그 동화의 뒷얘기를 나는 알고 있다.

　'돼지 삼 형제는 도살당해 오겹살 집으로 팔려 갔다.' 성실하게 살든 대충 살든 결국 돼지의 끝은 비참한 죽음, 즉 오겹살인 것이다.

집이라고 하기도 뭣한 움막 같은 곳을 보며 이런 철학적 상념에 빠져 있던 그때, 아저씨가 작은 소리로 중얼거렸다.

"드디어… 내 꿈을 이루는구나."

아저씨는 나와 달리 움막을 감탄의 눈빛으로 바라보고 있었다.

"이런 거지 같은 곳에서 자는 게 아저씨 꿈이었어요? 그럼 진작 노숙을 하지 그랬어요."

아저씨는 슬쩍 미소를 지으며 고개를 가로저었다.

"그런 게 아니야. 후우… 어떻게 설명해야 할까? 어디서 사는지는 중요하지 않아. '무엇을 먹느냐'가 중요한 거지. 나는 이런 가정집에서 남도의 정통 식사를 하는 게 꿈이었어. 현지인들의 진짜 식사 말이야. 음식점에서 흉내 낼 수 없는, 남도 고유의 맛. 아저씨는 오늘… 죽어도 좋다."

그 말을 듣자 순식간에 피곤해졌다. 나는 손으로 얼굴을 비벼 마른세수를 했다. 그때 아저씨가 물었다.

"넌 꿈이 뭐야?"

더 피곤해졌다. 정말이지, '어른들이 어린애들에게 꿈에 대해서 묻지 못하도록 하는 법안' 같은 게 만들어졌으면 좋겠다.

'알아서 뭐 하게요. 그러는 그쪽은 꿈이 뭔데요? 그래서 그 꿈을 이루셨슈? 그래서 지금, 잘난 인생 살고 계신가?'라는 것밖에 할 말이 없는데 어른들은 왜 초롱초롱한 눈을 하고는 '넌 꿈이 뭐니?' 따위를 묻는 걸까? 막상 대답하면 '애들은 애들이네. 아직 순수하구나. 어차피 넌 그 꿈을 이루지 못할 거야, 나처럼 말이지. 삶이라는 건 쉬운 게 아니란다'라는 눈으로 바라볼 거면서.

어른들의 특징 중 하나는 눈빛이 시시각각 변한다는 거다. 그리고 그 눈빛의 대부분은 오만하거나, 비열하거나, 멍청하다.

"꿈 없어요. 어차피 결론은 오겹살인데 뭔 놈의 꿈이 필요해요."

아저씨가 눈을 찌푸렸다.

"오겹살? 오겹살은 말이지, 흑돼지가 맛있어. 제주도 흑돼지 오겹살, 들어봤지? 나중에 제주도에 가게 되면 먹으러 가자."

나는 장국영 아저씨를 머리부터 발끝까지 훑어봤다. 마른 아저씨의 몸을 덮은 까만 양복이 헐렁였다. 이 아저씨가 그 유명한 마른 돼지인가 싶었다. 먹어도 먹어도 살찌지 않는 일명 축복받은 돼지, '마른 돼지.' 그런데 이 아저씨 왜 이렇게 먹을 걸 밝히지? 예전엔 안 그랬는데? 뭔가 이상했다.

아저씨와 나는 마루에 앉았다. 그때 안방에 들어갔던 남자애가 다시 마루로 나왔다. 나는 소리쳤다.

"야, 명성황후! 우리한테 밥도 줄 거냐?"

남자애는 아무 말 없이 나를 쳐다보기만 했다. 나는 크로스백에서 지폐 뭉치를 꺼냈다. 아저씨의 꿈이라는데, 뭐 이 정도는 해줄 수 있었다.

"5만 원 줄게. '남도', '정통', '한식', '백반' 줘라. 집에 엄마 계시니?"

'엄마'라는 말을 들은 남자애의 얼굴이 순간 어두워졌다. 아차 싶었다. 남자애는 엄마가 없는 게 분명했다. 나는 괜히 목소리를 높였다.

"아, 이 자식. 알았어, 알았어. 10만 원 줄게. 대신 밥 많이 줘."

남자애가 머뭇거리며 입을 열었다.

"엄마 없어. 밥도 없어. 나가서 사 먹고 와."

밥이 없다는 소리를 듣자 아저씨는 온몸에 힘이 풀린 것 같았다.

"남도… 갈치젓… 김치…."

아저씨는 동공이 풀린 채로 이렇게 중얼거렸다.

"너 장사 잘한다? 알았어, 15만 원 줄게. 뭐라도 줘. 아무거나 상관없어. 너가 평소에 먹는 밥이면 돼. 밥을 먹긴 할 거 아니야, 집에서."

명성황후는 잠시 고민하다가 이렇게 말했다.

"아무거나 상관없다고? 진짜지?"

나는 아저씨를 바라봤다. 아저씨는 여전히 영혼이 탈곡된 상태로 멍하니 허공을 바라보고 있었다. 내가 대신 대답했다.

"응."

남자애가 마루에 소박한 상을 차렸다. 냄비에 끓인 누룽지 밥에 김치 한 접시. 이 두 개가 다였다.

"아… 난 쌀밥 먹고 싶은데. 쌀 없어?"

내가 이렇게 투덜거리는 것에 반해 아저씨는 이미 누룽지 밥을 목구멍에 들이붓는 수준으로 먹고 있었다. 나는 얼굴을 찌푸리며 물었다.

"아저씨, 안 뜨거워요?"

아저씨는 입을 우물거리며 마치 동계올림픽 컬링 선수처럼 신중한 표정으로 접시 가까이 얼굴을 들이밀더니 김치를 유심히 쳐다봤다. 아저씨의 젓가락이 요리조리 움직였다. 아저씨는 찢은 김치를 젓가락으로 들어 보이며 말했다.

"보이니? 딱 이 정도. 너무 짜지도 않고, 너무 맵지도 않게 먹으려면 딱 이 정도를 먹어야 해."

아저씨는 김치를 입에 넣고 음미하더니 이렇게 내뱉었다.

"아~ 남도의 맛! 아, 진도! 아, 이게 바로 진짜 김치지! 현지 인들은 바로 이런 걸 먹는다고! 아, 김치! 아, 남도!"

명성황후와 시 혐오자들

명성황후는 누룽지를 떠먹으며 무심한 어투로 이렇게 말했다.

"그거, 중국산 김친데요. 10킬로에 16000원. 인터넷으로 주문했어요."

아저씨는 그 말을 듣고 젓가락을 떨어트렸다.

"어… 그러니? 어쩐지, 새우젓 맛이 안 나더라. 나도 사실 긴가민가했어. 그럼 그렇지. 깊은 맛이 덜하더라. 사실 시중에서 파는 김치는 거의 중국에서 왔다고 보면 돼. 너희들, 식당 가서 먹는 김치, 그거 다 중국산인 거 알아? 근데 맛이 나쁘진 않지?"

민망해서 말이 많아진 아저씨가 꼴 보기 싫었다. 나는 아저씨의 말을 무시하고 남자애에게 누룽지에 중국산 김치를 15만 원 받는 건 너무하지 않느냐고 물었다. 남자애는 일리 있다는 듯 고개를 끄덕였다.

"그럼… 꼬막이라도 먹을래? 이 동네는 물보다 꼬막이 흔해. 나는 지겨워서 안 먹지만."

꼬막… 꼬막이라는 단어를 듣자 물비린내 가득한 꼬막 공장에서 하얀색 작업복을 입고 있던 엄마가 떠올랐다. '엄마가 참기름 넣고 꼬막 비빔밥 해줄까?'

"야, 명성황후. 그럼, 비빔밥 해줘. 참기름 넣고. 꼬막 비빔밥."

남자애는 내 얘길 듣더니 엉거주춤 일어나며 말했다.

"고추장이 있나 찾아봐야 돼. 아마 있을 거야."

장국영 아저씨는 꼬막 비빔밥이란 단어를 들은 순간부터 실실 웃음을 흘리고 있었다. 나는 아까부터 궁금했던 걸 묻기로 마음먹었다.

"아저씨. 아까 굿판에서부터 좀 이상했는데, 왜 이렇게 먹을 걸 밝혀요? 우리 동네에선 안 그랬잖아요. 저랑 집에 가다가 떡볶이, 햄버거, 닭강정 같은 거 먹을 땐 입맛 없다고 얼마 먹지도 않았잖아요."

아저씨는 내 얘기를 듣더니 곰곰이 생각에 잠겼다. 아저씨가 곧 입을 열었다.

"나도 모르겠어. 내가 왜 이러지?"

명성황후가 손에 묻은 고추장을 쪽쪽 빨며 양푼을 들고 마루로 왔다. 그리고 숟가락을 아저씨와 나에게 쥐여줬다. 우리 셋은 말없이 양푼 속의 밥과 꼬막과 고추장과 참기름을 비볐다. 나는 아저씨를 바라봤다. 아저씨는 과학경진대회에 학교 대표로 나간 초등학생 같은 얼굴로 열심히 밥을 비비고 있었다.

갑자기 피식 웃음이 나왔다. 내 앞에 앉은 두 남자, 장국영과 명성황후가 진지하게 밥을 비비고 있는 모습이 웃겼기 때문이다. 그때 뜬금없이, 행복하다는 생각이 들었다. 아마도 참기름 냄새 때문이었을 거다.

　우리는 말 그대로 꼬막 비빔밥을 순삭했다. 아저씨는 비빔밥을 다 먹고도 부족했는지 중국산 김치에 누룽지 밥을 다섯 공기 더 먹었다. 그러고는 벌러덩 눕더니 곧바로 잠들었다. 나는 부풀어 오른 아저씨의 배와 빈 그릇을 번갈아 보다가 돈 봉투에서 5만 원을 더 꺼내 남자애에게 줬다. 남자애는 말없이 돈을 받았다.

　우리는 마루에 나란히 앉아 아저씨의 코 고는 소리를 배경으로 이야기를 나눴다.

　"근데, 네가 왜 명성황후야?"

　남자애는 코웃음을 치더니 이렇게 말했다.

　"명성황후는 무슨. 그냥 뻥친 거야. 관심 끌려고."

　나는 실실 웃으며 말했다.

　"관종이네, 관종. 왜 관심을 끌고 싶었는데?"

　"예뻐서. 말 걸고 싶어서. 같이 얘기하고 싶어서."

　나는 그 얘기를 듣고 잠시 생각에 잠겼다가 이렇게 말했다.

　"내가 예쁘다고?"

　명성황후는 단호하게 대답했다.

　"응."

　나는 돈 봉투에서 10만 원을 꺼내서 남자애에게 건넸다.

"이건 뭐야? 왜 줘?"

"고마워서. 네가 내 자존감 다 올려줬다."

남자애는 미간을 찌푸리며 물었다.

"고마운데 왜 돈을 줘?"

아, 귀찮아. 일일이 설명을 해줘야 하나? 이래서 어린애들이랑 놀면 꼭 피곤한 일이 생긴다.

"원래, 고마움은 돈으로 표현하는 거야 바보야. 빨리 받아."

남자애는 여전히 미간을 찌푸린 채 이렇게 말했다.

"고마우면… 그냥, 고맙다고 말하면 되잖아. 그거면 되는데 돈을 왜 줘? 혹시… 이 세상은 돈이 다라고 생각해?"

"응."

남자애가 웃음을 터트렸다.

"그건 맞지. 고맙게 받을게."

남자애는 순순히 돈을 건네받았다.

"근데 부모님은 안 계셔?"

남자애는 조용히 고개를 가로저었다. 나는 한숨을 쉬며 말했다.

"좋겠다. 혼자 살아서."

"부모님은 안 계시지만 혼자는 아니야."

나는 놀라서 소리쳤다.

"뭐?"

이번엔 남자애가 한숨을 푹 쉬었다.

"안방에, 할아버지 있어."

나는 벌떡 일어나서 소리쳤다.

"그걸 왜 지금 말해? 근데 왜 할아버지는 저녁밥 안 드셨어?"

"안 물어봤잖아. 그리고 할아버지 어차피 밥 안 먹어."

"사람이 어떻게 밥을 안 먹어? 어디가… 아프셔?"

남자애는 아무 말 없이 밤하늘만 바라봤다.

나는 마루에서 자빠져 자고 있는 아저씨를 건너, 부엌을 건너, 안방으로 향했다. 안방 문 앞에 선 순간 역겨운 냄새가 코를 찔렀다. 나는 문을 열까 말까 고민했다. 그 냄새가 내 본능을 자극했나 보다. 내 본능이 이렇게 말하고 있었다. '문을 열면 위험하다. 위험할 뿐만 아니라, 이 문을 여는 순간 네 인생은 걷잡을 수 없는 소용돌이로 휩쓸려 갈…'

나는 본능에게 말했다. '닥쳐.'

문을 벌컥 열었다. 방 안은 어두컴컴했다. 그리고 그 어두운 방의 한구석, 거적때기 같은 것에 둘둘 말려 있는 무언가가 보였다. 딱 사람 크기의 무언가. 그것은 분명 시체였다. 나는 태어나서 시체를 실제로 본 적이 한 번도 없지만, 그것이 시체라는 것을 직감적으로 알 수 있었다. 그런데 이상하게도 무섭지 않았다. 나는 그것을 잠시 바라보다가 문을 닫고 방에서 나왔다.

　마루로 나오니 남자애는 여전히 마루 끝에 걸터앉아 밤하늘을 바라보고 있었다. 나는 남자애의 옆얼굴을 물끄러미 바라봤다. 안방에 있는 시체에 대해선 묻지 않았다. 이 아이가 휘말려 있는 소용돌이에 끼어들면 안 된다는 생각이 들었기 때문이다. 아저씨와 나는 그 옆을 조용히 지나쳐야 했다. 애초에 만난 적 없는 것처럼 말이다. 이미 내 인생도 충분히 혼란스러웠다. 나는 아침 해가 뜨자마자 이 집을 떠나야겠다고 생각했다.

　나는 남자애 옆에 앉아 같이 하늘을 올려다봤다.

　"별 되게 많네. 내가 사는 곳은 밤에 별 안 보여."

　"별이 안 보인다고? 서울 살아?"

　"아니, 경기도. 경기도도 별 안 보여."

　"저거, 저기 가장 반짝이는 게 북극성이야."

　나는 감탄의 눈으로 남자애를 바라봤다.

　"너, 별자리도 알아?"

　"장난하나. 시골 사람은 별자리 기본으로 꿰고 있지. 이래서 도시 애들이랑은 말이 안 통한다니까."

　그 말을 듣자 웃음이 터졌다.

"그럼 가르쳐줘봐. 저건 뭐야?"

내가 하늘 한구석을 가리켰다. 그러자 남자애는 놀란 표정으로 이렇게 말했다.

"와, 미쳤다. 오리온자리도 몰라? 세 개 쭈르륵 있는 게 오리온자리잖아."

나는 그 말을 듣고 잠시 생각에 잠겼다. 왜 학교에서는 이런 걸 안 가르쳐주지? 삼각함수 이따위 것보다 별자리를 가르쳐주는 게 더 쓸모 있지 않나? 그럼 이렇게 밤하늘을 보면서 잘난 척도 할 수 있는데. 나는 마루에 벌러덩 누워 반짝이는 별을 하염없이 바라봤다.

어라? 이상하게 뜨거웠다. 나는 뜨거움을 참지 못하고 눈을 떴다. 하지만 눈을 제대로 뜰 수 없었다. 나는 실눈을 뜨고 위를 올려다봤다. 따가운 햇빛이 내 얼굴을 공격하고 있었다.

"잤구만."

나는 어젯밤 별을 보다가 그대로 잠이 들었다는 걸 깨달았다.

부스스 일어나 주변을 둘러봤다. 장국영 아저씨는 어제 입었던 양복 차림 그대로 자고 있었다. 꼭 아기처럼 몸을 웅크린 자세였다. 나는 아저씨의 다리를 발로 툭툭 찼다.

"아저씨. 일어나요. 해 떴어요. 우리 가야 돼요."

"어어… 이따 먹을게. 거기 놔둬."

나는 아저씨 다리를 다시 걸어찼다.

"일어나라고요. 아저씨 잊고 계신 것 같은데, 우리 놀러 온 거 아니에요. 저한테 돈 받고 일하는 중이잖아요."

그 말을 들은 아저씨가 벌떡 몸을 일으켰다.

"응. 근데, 아침밥은 먹고 가자. 속이 든든해야 돌아다니지."

일리 있는 말이었다. 그래서 나는 돈 봉투를 찾았다.

"남자애한테 5만 원 더 주고 밥 달라고 할게요. 근데, 봉투… 어딨지?"

나는 주머니를 더듬어보고 이어 가방을 뒤졌다. 아무리 찾아도 돈 봉투가 보이지 않자 숨이 가빠오기 시작했다.

"내 봉투… 내 돈… 돈… 465만 원… 내 돈… 아저씨가 가져갔죠! 내 돈 어디 있어요?"

아저씨는 하품을 하며 이렇게 말했다.

"나 아니야. 나는 돈은 안 훔쳐. 여자의 마음은 몇 번 훔쳤지만. 농담이야. 그만 째려봐."

그렇게 집 여기저기를 한참 헤집고 돌아다니면서 나는 두 가지 사실을 깨달았다. 첫 번째 사실은 돈 봉투만 없어진 게 아니라 아저씨와 나의 핸드폰이 모두 없어졌다는 것이고, 두 번째 사실은 남자애도 없어졌다는 것이다.

나는 부엌을 건너 안방 문을 발칵 열었다. 어젯밤 봤던 할

명성황후와 시 혐오자들

아버지(의 시체)로 추정되는, 거적때기에 둘둘 말린 덩어리
역시 보이지 않았다. 그곳에서는 더 이상 악취도 나지 않았
다. 나는 텅 빈 방을 멍하니 바라봤다. 꼭 귀신에 홀린 기분
이었다.

아저씨와 나는 마루에 걸터앉아 마당 너머 허공을 바라
봤다.

"아저씨, 돈 있어요?"

아저씨가 담담한 목소리로 말했다.

"내 지갑도 털렸어."

나는 그 담담함이 짜증났다.

"우리, 못 가요. 돈 없어요. 그 자식이 다 가져갔어요. 그니
까! 왜 모르는 사람 집에 와서 자자고 했어요? 다 아저씨 때
문이잖아요, 무슨 남도 현지인 밥을 먹겠다고 해서! 아저씨가
책임져요!"

나는 씩씩거리며 소리쳤다. 아저씨가 그런 나를 물끄러미
바라보더니 이렇게 말했다.

"밥 먹자."

아저씨와 나는 중국산 김치에 누룽지 밥을 먹었다. 밥을
먹고 마루에 누워 앞으로 어떻게 해야 할지 고민했다. 계획이
란 게 필요한 시점이 온 것이다. 돈이 있었을 때는 앞일을 계

획하지 않아도 됐다. 그때그때 해결하면 될 일이었다. 왜냐, 돈이 있으니까. 아저씨와 나는 궁리라는 걸 하기 시작했다. 하지만 둘이 머리를 맞대고 궁리해봤자 아무 해답도 나오지 않았다. 왜냐, 돈이 없으니까.

점심이 됐다. 아저씨와 나는 중국산 김치와 누룽지 밥을 먹었다. 그리고 마루에 누워 잠시 낮잠을 자고, 다시 고민했다. 저녁에도 중국산 김치에 누룽지 밥을 끓여 먹었다. 그리고 마루에 누웠다. 하늘에는 별이 반짝였다. 나는 북극성과 오리온자리를 더듬더듬 찾아냈다. 그러다 잠이 들었다.

아침이 되고 아저씨와 나는 중국산 김치에 누룽지 밥을 먹었다. 점심이 되자 아저씨와 나는 중국산 김치에 누룽지 밥을 먹었다. 저녁에도 그렇게 먹었다. 그리고 아침이 오면, 다시 중국산 김치에 밥을 먹었다.

이상하게도 시골에서는 하는 일도 없는데 시간이 빨리 갔다. 밥을 먹고 마루에 누워서 하늘을 보다 보면 하루가 금세 갔다. 그 이유를 곰곰이 생각해보니, 바로 구름 때문이었다. 하늘에 떠다니는 구름을 보다 보면 시간이 금방 갔다.

그렇게 일주일이 흘렀다. 아저씨와 나는 삼시세끼를 김치에 누룽지만 먹으며 보냈다. 그리고 그 일주일 동안 나는 수백 종류의 구름을 구경했다. 웬만해서는 보기 힘들다는 신기한 소용돌이 모양의 '렌즈구름'도 봤다. 나는 렌즈구름을 봤다는 걸 누군가에게 자랑하고 싶었지만 그럴 만한 친구가 없었다. 친구가 있다고 해도 자랑할 수 없었다. 명성황후가 내 핸드폰을 훔쳐 갔으니까.

핸드폰이 없어진 사실을 깨달았을 때, 나는 먹먹함에 울었다. 핸드폰이 없어지자 손발이 잘리고 눈이 멀어버린 기분이었다. 아저씨는 내가 울자 어쩔 줄 몰라하며 당황했다. 나는 아저씨가 그렇게 당황하는 모습마저 짜증났다. 그래서 곧 울음을 그쳤다.

그런데 예상과 달리 핸드폰 없이 보낸 일주일은 나쁘지 않았다. 거기에는 기묘한 해방감 같은 게 있었다. 오지도 않는 카톡을 확인하거나, 다른 애들의 사진을 훔쳐보지 않으니 인생이 한결 심플해진 기분이었다.

"아저씨, 그냥 우리, 여기서 계속 살까요?"

아저씨는 어딘가에서 찾아낸 손톱깎이로 발톱을 깎으며 무심한 목소리로 되물었다.

"세르게이 찾으러 가자며. 안 찾을 거야?"

나는 입술을 깨물며 잠시 생각하다가 이렇게 말했다.

"제가 걔를… 좋아하는 줄 알았어요. 그래서 만나면 고백하려고 했는데… 구름을 보면서 곰곰이 생각해봤는데요. 저는 세르게이를 '남자'로 좋아하는 게 아니라, 내 인생에 하나밖에 없는 '친구'를 그리워하는 것 같아요."

아저씨는 여전히 발톱에 집중한 채로 물었다.

"넌 발톱 안 깎니?"

나는 얼굴을 찌푸렸다.

"아저씨나 깎아요. 더러우니까 발톱 잘 모아서 쓰레기통에 버려요, 마당에 버리지 말고. 아, 그리고! 사람이 진지한 얘기를 할 땐 그냥 좀 들어주면 안 돼요?"

"아니, 언제 무좀이 생겼지? 원래 없었는데?"

내 인내심이 한계에 달했다.

"아저씨! 발바닥 그만 보고 나 좀 봐요!"

"세르게이, 찾으러 가. 너 기다리고 있어. 네가 보고 싶은가 봐."

아저씨는 뜬금없이 슬픈 눈을 하고는 이렇게 말했다. 나는 황당해져서 물었다.

"날 기다리는지 아저씨가 어떻게 알아요?"

"세르게이가 보낸 편지, 네가 나한테 보여줬잖아."

"대체 그 편지 어디에 '기다린다, 보고 싶다'는 말이 적혀 있어요? 곰돌이 젤리 사 오라는 말밖에 없는데. 안판식 시체를 찾으러 간다는 놈이 뜬금없이 오각나라의 오각박사는 또 뭐고? 걔를 찾을 수 있을지 모르겠어요. 우리 이제 돈도 없잖아요. 집에도 못 가요."

나는 말을 쏟아내고 잠시 숨을 골랐다.

"아저씨. 생각해보니 참내, 황당하네. 왜 세르게이 편을 들어요? 아저씨는 제 편 들어줘야 하는 거 아니에요?"

아저씨는 잠시 나를 바라보더니 이렇게 물었다.

"'드레이크 방정식'이라고 알아?"

나는 고개를 저었다.

"그딴 거 몰라요. 저 문과에 수포자예요."

"수포자가 뭐야?"

나는 한숨을 쉬었다. 나이 든 사람이랑 어울리니까 귀찮은 일이 많아진다.

"수학 포기했다고요. 그러니까 저한테 방정식, 근의 공식, 삼각함수 이런 얘기하지 마세요."

"드레이크 방정식은 인간과 교신할 수 있는 외계인이 존재할 확률을 나타낸 식이야. 말하자면, 희귀한 경우의 확률을 계산하는 방정식이지."

나는 아저씨의 말을 잠자코 듣고만 있었다. 대체 무슨 헛소리를 해댈지 궁금했기 때문이다.

"외계인을 만날 확률에 대해 평생 동안 연구하는 과학자들을… 너는 어떻게 생각해?"

나는 내 발톱을 내려다보며 이렇게 중얼거렸다.

"이과 나왔겠구나. 수학 잘하겠구나."

아저씨는 내 말을 듣고 피식 웃더니 이렇게 말했다.

"0.00000001퍼센트와 0퍼센트는 완전히 다른 세계지. 존재하느냐, 존재하지 않느냐의 차이. 내 말, 이해해?"

이해 못 했다. 아니, 이해하기 귀찮아서 나는 대충 답했다.

"네. 알아요. 세르게이, 찾으러 가자는 거잖아요."

"그런 뜻 아닌데."

나는 곰곰이 생각에 잠겼다. '아저씨가 왜 나한테 드레이크 방정식을 이야기해줬을까'가 아니라 '저 아저씨는 저런 이상한 걸 대체 어디서 들었을까'가 궁금해진 나는 아저씨에게 물었다.

"아저씨, 드레이크 방정식 같은 건 어디서 배웠어요?"

아저씨는 바닥에 흩어진 발톱들을 긁어모으며 이렇게 대답했다.

"가로세로 낱말 퍼즐."

나는 얼굴을 찌푸렸다.

"퍼즐을 풀었다고요? 거기에 그런 것도 나와요? 외계인 찾는 괴상한 방정식."

"응. 퍼즐을 풀면 이 세상의 모든 걸 배울 수 있어. '단종을 변절하고 수양대군의 편에 가담한 조선 시대의 정치가이자 학자인 사람'이 누구게?"

역사 따위 내가 알 리가 없었다. 나는 가만히 입을 다물고 있었다.

"신숙주. 숙주나물이 이 사람 이름에서 유래한 거래."

아저씨는 뿌듯한 표정으로 나를 바라보고 있었다. 나는 다시 물었다.

"아저씨, 낱말 퍼즐을 대체 왜 풀었어요? 숙주나물 같은 거 배우면 기분 좋아요?"

아저씨는 쑥스럽게 웃으며 고개를 끄덕였다.

"응. 나는 대학 못 나왔거든. 공부를 하고 싶었는데, 그럴 여유도 없고 머리도 안 되고…. 그래서 재밌게 공부할 수 있는 게 뭘까 하고 찾아보니 낱말 퍼즐이 있더라고. 나는 퍼즐 풀면서 드레이크 방정식도 배우고, 신숙주도 배우고, 아우슈비츠 수용소도 배우고, 상대성 이론도 배우고, 크레바스도 배웠어. 크레바스가 뭔 줄 알아? 빙하에 생긴 균열, 그러니까 '틈'을 말하는 건데 깊이가 수십 미터에서 수백 미터까지 돼. 그래서 히말라야 등반하는 사람들이 크레바스가 있는 줄 모르고 지나가다가 거기에 빠져 죽고 그래."

나는 입을 벌리고 크레바스에 대해 줄줄 읊고 있는 아저씨를 쳐다봤다. 아저씨는 민망한 표정을 지으며 이렇게 말했다.

"난 현학적인 사람이 되고 싶었거든."

내가 물었다.

"'현학적인 사람'이 뭔데요?"

아저씨가 말했다.

"쓸데없는 거 안다고 잘난 척하는 사람."

나는 다리를 쭉 뻗고 내 발가락을 가만히 바라봤다. 내 검지 발가락은 엄지발가락보다 훨씬 길었다. 검지 발가락에 길이를 맞추다 보니, 나는 내 발보다 한 사이즈 큰 신발을 사야 했다. 예전에 인터넷 검색을 해보니 이 세상에는 발가락 길이 때문에 고통 받는 사람들이 생각보다 많았고 그런 사람들을 위해 발가락 길이를 줄이는 수술도 존재했다.

그때, 내 발치에 벌레 한 마리가 나타났다. 엄지손톱만 한 까만 벌레는 내 발 근처를 빠른 속도로 서성였다. 나는 기겁하며 벌떡 일어났다.

"아저씨, 벌레! 벌레!"

하지만 아저씨는 가만히 벌레를 바라볼 뿐이었다. '하등 도움 안 되는 인간.' 나는 얼른 마루 밑에서 신발을 들어 벌레를 내리쳤다.

아저씨는 그런 나를 조금 실망스러운 눈으로 바라보고 있었다. 나는 그 눈빛의 의미를 도통 이해할 수 없었다.

"왜요?"

아저씨는 조금 고민하다가 이렇게 말했다.

"다음부턴… 벌레 죽이지 마."

그 목소리는 단호했다. 아저씨에게서 처음 보는 단호함이었다. 나는 조금 주눅 들었다.

"왜요. 무섭잖아요."

"세상에 무서운 게 얼마나 많은데 벌레를 무서워해. 앞으로는 벌레 죽이지 말고 그냥, 살려줘."

틀린 말은 아니었다. 내 몸무게는 43킬로그램인데 벌레의 무게는 10그램도 되지 않는다. 벌레와 내가 마주친다면, 나보다 벌레가 더 무서워해야 하는 상황인 게 맞았다. 민망해진 나는 괜히 손바닥을 비비며 이렇게 물었다.

"그럼 아저씨는 뭐가 무서운데요?"

아저씨는 잠시 고민하다가 이렇게 대답했다.

"…세금."

나는 세금이 왜 무서울까 고민해봤다. 하지만 답은 나오지 않았다. 나는 아저씨에게 말했다.

"알았어요, 이제부터는 벌레 안 죽이도록 노력해볼게요. 그럼… 모기도 죽이지 마요?"

아저씨가 대답했다.

"아니. 그 새끼들은 죽여야 돼. 최대한 잔인하게."

나는 궁금해졌다. 벌레와 곤충의 차이는 뭔지. 죽여도 되는 벌레와 죽이지 말아야 하는 벌레의 차이는 뭔지. 벌레는 살려줘야 하지만 왜 치킨은 시켜 먹어도 되는 건지. 벌레와 닭의 차이는 뭔지. 모기는 죽여도 되지만 왜 고양이를 죽이면 사이코패스가 되는지. 왜 귀여운 건 죽이면 안 되는지. 왜 쥐는 징그럽지만 다람쥐는 귀여운지. 인간과 인간쓰레기의 차이는 뭔지. 사랑과 우정의 차이는 뭔지. 나는 이런 쓸데없는 것들이 궁금했다.

어쩌면 인생이란 수많은 선택이 모여서 구성된 집합체 같은 것일지도 모른다는 생각이 들었다. 인간은 계속해서, 끊임없이 선택해야 하는 불행한 처지에 놓인 것이다. 러시아 소년을 사랑할 것인지 말 것인지, 치킨을 시킬 것인지 말 것인지, 부처가 될 것인지 시체가 될 것인지, 벌레를 죽일 것인지 살려줄 것인지.

"야, 명성황후! 집에 있나?"

그때였다. 츄파춥스를 나란히 문 채로, 손에 쟁기와 낫 따위를 든 농부 네 명이 마당에 들어섰다. 그 농부들은 꼬질꼬질 흙이 묻은 긴 장화를 신고 있었다. 그런데 그들은 '전문 농부'라고 하기엔 앳되어 보였다. 자세히 보니 내 또래 같았다. 그 아이들의 얼굴은 햇빛을 오래 받아 시커멓게 타 있었다.

"명성황후, 없어요. 내 돈 가지고 튀었어요."

나는 낯선 존재들을 멍하니 바라보며 이렇게 말했다.

"손님이 있었구만. 누구여? 시방 여그 사람은 아닌 것 같은디. 친척이여? 갸는 어디 있능겨?"

나는 반말 같기도 하고 아닌 것 같기도 한 사투리를 들으며 조금 세게 나가야겠다고 생각했다.

"몰라. 나도 걔 찾아야 돼. 그 자식이 내 돈 들고 도망갔어."

젊은 농부들은 내 반말에 개의치 않는 눈치였다.

"돈? 얼마?"

나는 대답하지 않았다. 남자애 하나가 마루에 앉아 장화를 벗었다. 다른 한 명은 수돗가에 가서 장화를 벗고 세수를 했다. 다른 한 명은 쭈그리고 앉아 사탕을 빨았다. 나에게 계속 말을 걸던 키 큰 남자애 한 명이 이렇게 물었다.

"서울 사람이여?"

쭈그리고 있던 남자애가 받아쳤다.

"아, 피부 겁나게 허연 거 보면 몰러? 딱 봐도 서울 사람인디."

눈이 번쩍 떠지는 기분이었다. 내가 하얗다고? 정말로?

그 말을 듣고 기분이 한껏 좋아진 나는 누그러진 태도로 그들에게 물었다.

"'명성황후', 너네도 걔를 명성황후라고 불러?"

"아, 지를 명성황후로 불러달라는디 그럼 뭐라고 부른디야?"

불러달라는 대로 불러주다니. 생각보다 되게 쿨한 애들 같았다. 얘네가 유독 그런 걸까 아니면 진도 사람들은 원래 다 이렇게 쿨한 걸까?

"너네 농부야? 명성황후도 농사지어?"

세수를 끝마친 남자애가 대답했다.

"갸가 뭔 놈의 농부여. 쐬깐해서 쟁기도 못 들어. 갸는, 우리 동호회 회원이여."

나는 순간 엄청난 호기심을 느꼈다. 동호회? 비료 동호회 이런 건가? 만나서 어떤 비료가 농작물 재배에 더 좋은지 토론하고 그러나? 비료 가게에 가서 공동 구매도 하고 그러나?

"무슨 동호회인데?"

"우리, 그게, 음… 소설 쓴당께. 창작소설 동호회."

키 큰 남자애가 조금 쑥스러운 듯 긴장된 목소리로 말했다. 다른 남자애들은 내 반응을 기다리는 눈치였다. 아이들은 분명 어떤 기대감을 가지고 나를 조용히 바라보고 있었다. 나는 어떤 반응을 보여야 할지 몰라서 이렇게 물었다.

"왜? 소설을… 왜 써?"

아이들은 내 반응에 실망한 눈치였다. 장화를 벗고 발을 씻던 남자애가 담담한 목소리로 답했다.

"시를 싫어해서."

다른 남자애들은 그 아이의 말을 듣고 고개를 끄덕였다. 그 아이들은 꼭, 새삼스레 진리를 깨달은 종교인들 같았다. '아, 맞다. 우린 시를 싫어했지, 참. 잊을 뻔했네, 휴우. 아멘.'

'시를 싫어해서 소설을 쓰는 농부들.'

나에겐 이 아이들의 존재 자체가 시처럼 느껴졌다. 나는 당연한 순서로 이렇게 물었다.

"시를 왜 싫어하는데?"

키 큰 남자애가 다시 말했다.

명성황후와 시 혐오자들

"이 세상에 혐오할 만한 게 너무 많아서, 그 대표로 시를 혐오하기로 했어."

그 말에 나는 얘네가 쿨한 애들이 아니라 정신이 조금 이상한 애들이 아닐까 하는 추측을 했다. 그래, 내 예상이 맞을 거다. 명성황후부터가 제정신이 아닌 애였으니까.

"명성황후는, 갸는 말여, 우리 중에 소설을 제일 잘 썼어. 시를 허벌나게 혐오했다, 이 말이여. 그래서 시방 우린 걔가 필요혀. 너랑 저 아재, 여그 계속 있을 거여?"

나는 뒤를 돌아 아저씨를 바라봤다. 아저씨는 관찰자가 되어 이 광경을 흥미롭게 바라보고 있는 듯했다. 평소의 굳은 표정과는 다르게 묘한 미소를 짓고 있었기 때문이다. 나는 아이를 향해 고개를 끄덕였다.

"갈 데도 없어. 돈이 없거든."

아이들은 건성으로 고개를 끄덕이더니 곧 장화를 챙겨 신고 떠났다. 나는 또래를 본 게 오랜만이라 좀 더 이야기를 나누고 싶었다. 그래서 아이들이 떠나는 게 아쉬웠다. 하지만 내색하진 않았다. 저 아이들은 농사도 짓고, 소설도 쓰고, 시도 혐오해야 해서 바쁠 테니까.

농부 아이들이 떠나고 얼마 지나지 않아 해가 졌다. 아저씨와 나는 누룽지 밥을 끓여 먹었다. 말없이 숟가락질을 하고 있는데 아저씨가 말했다.

"김치… 내일이면 다 먹을 것 같아. 누룽지도 다 떨어져가. 어쩌지?"

나는 고민에 빠졌다. 가족을 먹여 살리는 가장의 무게가 이런 걸까? 어떤 결단을 내려야 하는 시점인 건 분명했다. 아저씨가 아니라, 바로 '내'가. 이 아저씨는 도대체가 의지할 만한 인간이 아니라는 것을 깨달았기 때문이다.

"제가 알아서 할게요."

나는 마루에 올라서서 저 멀리를 아득하게 바라봤다.

"제가… '저기'로 갈게요."

아저씨는 까치발을 하고 서서 내 어깨를 누르며 목을 길게 뺐다.

"어디, 어디로 가려고? 저기가 어디야?"

나는 한숨을 쉬고 말했다.

"저기, 저 공장 같은 건물 보여요? 유니가 일하는 데예요. 꼬막 공장."

"유니? 유니가 누군데?"

나는 말해줄까 말까 고민하다가 그냥 말했다.

"우리 엄마요. 필리핀 사람."

나는 밤새 뒤척였다. 그러다가 동이 트기 시작할 때 명성황후의 집을 나섰다. 하늘은 희미한 빛을 내뿜으며 아침을 준비하고 있었다. 마루에서 봤을 땐 가까워 보였는데 막상 걸으니 공장은 명성황후의 집에서 꽤 멀리 떨어져 있었다.

한두 시간쯤 걸었을까? (정확한 시간은 알 수 없었다. 다시 말하지만 명성황후가 나와 아저씨의 핸드폰을 훔쳐 갔기 때문이다.) 꼬막 공장에 도착해 주변을 서성이던 나는 입구에서 담배를 피우던 엄마와 마주쳤다. 엄마는 전에 봤을 때와 마찬가지로 하얀색 전신 작업복을 입은 채였다. 나는 얼굴을 찌푸리며 물었다.

"엄마 담배 피워?"

엄마는 예상치 못한 순간에 나를 마주친 것에 놀랐는지, 얼마 피우지도 않은 담배를 떨어뜨렸다.

"어? 어…."

나는 바닥에 떨어진 담배를 바라봤다.

"아깝다. 주워서 다시 피워."

나의 친절한 제안을 무시하고 엄마는 장화로 담배를 비벼 껐다. 아무래도 당황한 눈치였다. 그러거나 말거나, 나는 바로 본론으로 들어갔다.

"돈 좀 줘."

내 말을 들은 엄마의 얼굴이 순식간에 어두워졌다. 그 모습을 보자 까만 얼굴도 더 어두워질 수 있구나 싶어서 새삼 신기했다.

"집에 무슨 일 있구나? 아빠는? 아빠가 돈 안 줘?"

"아, 몰라. 그냥 줘."

"얼마를? 너 진도에는 언제 온 거야? 학교는? 오늘 목요일 아니야? 학교 안 갔어?"

"10만 원만 줘."

엄마는 아무 말 없이 내 얼굴을 물끄러미 바라보다가 공장 안으로 들어갔다. 나는 공장 주변을 멀뚱멀뚱 둘러봤다. 세르게이가 훔쳐 온 진돗개를 들어 올리며 환하게 웃던 것이 떠올랐다.

'성미람! 야, 대박 사건! 진돗개 주웠어! 이거 가져가자! 진도에 왔으면 진돗개 한 마리 정도는 챙겨 가야지!'

"여기 돈. 집에 바로 갈 거지?"

공장에서 나온 엄마가 5만 원짜리 지폐 네 장을 건네며 물었다. 이것 봐라? 10만 원 달라고 했는데 20만 원을 주네? 이럴 줄 알았으면 20만 원 달라고 할걸.

나는 아무 말 없이 돈을 받아 들고 왔던 길을 되돌아갔다. 엄마가 내 등 뒤에 대고 외쳤다.

"크리스마스 때 집에 갈게!"

나는 잠자코 걸어가다가 그 말을 듣고 화가 났다. 그래서 걸음을 멈추고 몸을 홱 돌려 엄마에게 소리쳤다.

"우리 집 이사 갔어! 그리고, 아빠 재혼해! 이라크 여자랑. 둘이 아일랜드 가서 살 거래!"

나는 말도 안 되는 거짓말들을 줄줄 내뱉었다. 엄마는 환한 웃음을 지으며 이렇게 말했다.

"잘됐다! 걱정했는데."

나는 명성황후의 집으로 터덜터덜 걸어가며 진도에는 이상한 사람들만 살고 있는 게 아닐까 하는 생각을 했다. 아니, 어쩌면 멀쩡했던 사람도 이곳에 오면 이상해지는 건지도 몰랐다. '잘됐다'니? '걱정'을 왜 하지? 둘은 서로를 증오하며 살아온 사람들인데?

나는 땅바닥을 바라보며 한참을 걸었다. 내가 왕따 당한다는 걸 엄마는 알까? 일진 애들한테 괴롭힘 당했다는 걸 알고 있을까? 나는 엄마에게 그 사실을 말하지 않은 걸 후회했다. 충격을 받은 엄마의 표정이 궁금했기 때문이다. 하지만 엄마는 엄마 자신의 인생이 충분히 괴롭기 때문에 그런 것 따위에 신경 쓸 여유가 없을지도 몰랐다.

나는 눈앞에 개미가 나타나면 모조리 발로 밟아 죽여야겠다고 다짐했다. 그러다가 세르게이의 첫 번째 인생, '개미로 태어난 삶'이 떠올랐다. 일개미였던 세르게이가 자유를 찾아 떠나자마자 죽음을 맞이했던, 그 허무했던 삶. 나는 제2의, 제3의 '생각과 감정이 있는 일개미 세르게이'를 찾아 흙바닥 이곳저곳을 매서운 눈으로 둘러봤지만, 어디에도 개미는 없었다.

집으로 터덜터덜 돌아온 나를 보고 아저씨가 말했다.

"엄마 만났어?"

나는 대답 대신 주머니에서 돈을 꺼냈다.

"아저씨. 우리, 세르게이 찾지 말고 그냥 집에 가요."

아저씨는 특유의 슬픈 눈으로 나를 바라봤다. 이럴 땐, 이런 눈빛을 지을 땐 아저씨가 정말 장국영 같다는 생각이 들었다.

"그래. 가자, 집으로."

나는 일주일 넘게 지낸 거지 같은 집을 둘러봤다. 소나 살 법한 움막 같은 곳이었지만 그래도 며칠 있었다고 정이 들었는지, 막상 떠나려니 조금 아쉽기도 했다. 특히 마루. 마루에서 보던 탁 트인 하늘과 구름을 두고 간다는 게 아쉬웠다.

내가 마루에 걸터앉아 구름을 멍하니 바라보고 있는데 등 뒤에서 아저씨의 목소리가 들려왔다.

"그런데 밀이야… 혹시 엄마가 돈 얼마 줬어?"

"20만 원이요. 우리 둘 차비 충분해요. 걱정 안 해도 돼요."

"20만 원… 그럼… 저기… 미람아."

아저씨가 자꾸만 뜸을 들였다.

"왜요."

"우리 그럼. 가는 길에 나주 좀 들르면 안 될까? 여기서 별로 안 멀거든. 어차피 올라가는 길이야."

나는 고개를 돌려 물어봤다.

"나주는 왜요?"

아저씨는 진지한 표정으로 이렇게 말했다.

"나주 곰탕 먹고 가자. 천상의 맛이야. 아저씨가 보장한다."

나는 그 말을 듣고 안산으로 돌아간 이후에는 이 아저씨와 다시는 만나지 말아야겠다고 생각했다.

아저씨와 나는 안산버스터미널에서 작별 인사를 했다. 나는 멀어져가는 아저씨의 뒷모습을 보며 이제 아저씨를 볼 일이 영영 없을 거라고 생각했다(그래서 나주에 가서 곰탕을 사줬다. 이제 정말 끝이니까). 그리고 그 생각은 곧 사실이 되었다. 아저씨가 죽었기 때문이다. 아저씨는 나와 헤어지고 터미널에서 집으로 가던 길에 차에 치여 죽었다. 뺑소니였다고 한다.

당시에는 그 사실을 알지 못했다. 나는 아저씨가 죽고 일주일 뒤에야 예상 밖의 사람에게서 그 소식을 전해 들었다. 아저씨가 죽었다는 얘기를 들었을 때 나는, 아저씨에게 곰탕을 사줘서 다행이라는 생각을 제일 먼저 했다. 뒤이어 아저씨가 진도에서 식탐을 부린 이유를 깨달았다. 사람은 죽기 전에 안 하던 짓을 한다고 하더니, 음식을 입에 들이붓던 게 딱 그 꼴이었다.

하여간, 말간 국물에 찰진 밥알과 달달한 고기가 들어 있던 나주 곰탕은 아저씨 인생의 마지막 식사가 되었다.

아저씨가 사고를 당해 도로 위에서 피를 흘리고 있던 그 순간, 나는 식탁 위를 멍하니 바라보고 있었다. 열흘 전에 써 놓고 갔던 편지가 식탁 위에 그대로 놓여 있었기 때문이다.

나는 집 안을 둘러봤다. 휑했다. 사람이 있다 간 기척이 전혀 느껴지지 않았다. 아빠는 내가 진도에 가 있는 내내 집에 들어오지 않은 게 분명했다. 내가 500만 원을 가져간 것도 모르는 게 분명했다.

나는 식탁 위에 있던 편지를 찢어버렸다. 그리고 방으로 들어가 공부를 시작했다. 수능이 한 달 정도 남아 있었다. 어쩌면 해볼 만한 게임이 될지도 모른다는 생각이 들었다. 벼락치기로 수능을 준비할 수 있을까? 어쩌면, 가능할지도 몰랐다. 0.00000001퍼센트의 가능성을 가지고 외계인들을 찾으려는 과학자들처럼.

공부를 하다가 문득 책상 위에 놓여 있던 탁상 거울을 봤다. 볼의 상처는 그대로였지만 거울 속의 내 얼굴이 낯설게 느껴졌다. 그 얼굴은 이유 없이 서글퍼 보였다. 조금 어른 같아 보였다는 뜻이다.

동굴
할아버지와

임플란트

진도에서 돌아온 다음 날, 학교에 나갔다. 쿵쿵이(담임)가 나를 교무실로 불렀다. 쿵쿵이는 나에게 왜 학교에 나오지 않았는지는 묻지 않고 급식비가 밀렸다고만 했다. 나는 아빠에게 연락해보라고 말했지만 "너희 아버지 전화 안 받으시더라"라는 얘기만 들을 수 있었다.

아빠는 어디로 간 걸까? 제발, 이대로 사라져서 나타나지 않길 마음속으로 빌었다. 그렇게 된다면 졸업할 때까지 급식 따위 안 먹어도 실실 웃으면서 지낼 수 있을 것 같았다.

교실에서는 국어 선생님이 입을 분주히 움직이며 수업을 하고 있었다. 하지만 음소거된 화면처럼 입이 움직이는 모습만 보일 뿐 아무 소리도 들리지 않았다. 내 머릿속은 세르게이와 명성황후, 시 혐오자들, 드레이크 방정식, 그리고 정체불명의 '오각나라'와 세르게이를 감금하고 있는 '오각박사'에 대한 생각으로 가득했다.

오각나라는 어디고, 오각박사는 누구일까? 세르게이는 안판식의 시체를 찾았을까? 안판식의 부모를 만났을까? 아직 진도에 있을까? 명성황후는 내 돈을 갖고 어디로 갔을까?

그때, 내 뒤에 앉아 있던 일란성 쌍둥이 남매(몽골에서 한국인 부모와 살다가 지난달에 전학 온 한국 애들로, 한국어를 잘하긴 했지만 조금 서툴러서 내가 있는 다문화가정 반에 들어왔다)가 나누는 대화가 귀에 들어왔다.

"그거 봐, 동굴 할아버지 말대로 됐잖아. 그 할아버지는 이 세상의 모든 일을 다 안다니까. 소름 돋지 않냐?"

"동굴 할아버지는 어떻게 알았을까, 우리가 이렇게 같은 반에 배정받을 거라는 걸? 대박."

동굴 할아버지? 이 세상의 모든 일을 다 안다고? 나는 몸을 뒤로 돌려 몽골 아이들에게 물었다.

"그게 누구야? 동굴 할아버지? 모든 걸 다 안다고? 진짜야? 몽골에 가면 만날 수 있어?"

그때 등 뒤로 앙칼진 목소리가 들렸다.

"성미람."

나는 흠칫 놀라 앞을 봤다. 국어 선생님이 교육공무원 특유의 영혼 없는 눈으로 나를 내려다보고 있었다.

동굴 할아버지와 임플란트

"나가."

선생님이 손가락으로 복도를 가리켰다. 나는 죄송한 척 표정 연기를 하며 복도로 나갔다.

나는 복도에 서서 텅 빈 운동장을 바라보며 동굴 할아버지에 대해 생각했다.

'그 할아버지는 오각나라와 오각박사에 대해서도 알고 있을까? 그런데 왜 동굴 할아버지라고 불리는 거지? 몽골의 어느 동굴에 살고 있나? 몽골 가는 비행기 표가 얼마지? 명성황후가 돈만 안 훔쳐 갔어도 얼마인지 걱정 안 했을 텐데. 아, 복도에 서 있으려니까 심심하네.'

나는 교실 안을 힐끗 보고는 복도 바닥에 드러누웠다. 콘크리트에서 올라오는 냉기가 내 몸을 감싸며 나를 이성적으로 만들었고, 나는 몽골에 가겠다는 황당한 생각 따위를 버렸다… 라고 말하고 싶지만, 앞서 여러 번 말했듯 머리만 대면 잠이 오는 나는 곧 잠에 빠져들었다.

눈을 떴을 땐 수십 명의 아이들이 내 몸을 피해 복도를 뛰어다니고 있었다. 수업이 끝난 모양이었다. 일어나기가 귀찮았다. 나는 멍하니 복도 천장만 바라봤다.

그때였다. 누군가가 나를 발끝으로 툭툭 찼다. 나는 누운 채로 고개만 까딱 들어 그들의 정체를 확인했다. 몽골에서 온 쌍둥이 남매였다. 나를 내려다보는 그 아이들의 머리카락은 유난히 까맸고, 눈동자는 더욱더 까맸다.

"성미람. 선생님이 교무실로 내려오래."

젠장. 나는 겨우 몸을 일으켰다. 차가운 바닥에서 잔 탓인지 온몸이 뻣뻣했다. 찬 데서 자면 입 돌아간다는데…. 나는 내 입술을 더듬더듬 만졌다. 다행히 입술은 제 위치에 있었다.

'어차피 혼낼 거, 나 좀 깨워주고 가지.' 나는 교복을 털며 선생님을 원망했다. 몽골 아이들은 그런 나를 의심스러운 눈초리로 보다가 이렇게 말했다.

"성미람. 동굴 할아버지 만나고 싶어?"

나는 고개를 끄덕였다.

"그래? 중요한 상황이야?"

나는 다시 고개를 끄덕였다. 남매는 빠르게 눈빛을 교환하고는 이렇게 말했다.

"그럼, 2만 원만 줘. 21세기 정보화 사회에서 정보는 곧 돈이니까."

그래, 준다. 이 자본주의가 낳은 괴물들아, 그까짓 2만 원 내가 주마. 몽골의 대자연 속에서 자랐다는 애들이 한국에 오자마자 자본주의 시스템에 빨리도 적응했네. 너네는 어딜 가도 잘살겠다, 이것들아. 나는 주머니에서 2만 원을 꺼내 아이들에게 건넸다.

"여기 돈. 이제 가르쳐줘. 그 할아버지 만나려면 몽골 가야 되는 거야? 몽골 가는 비행기 표 대충 얼마야?"

쌍둥이 중에서 여자애가 입을 부루퉁 내밀고 이렇게 말했다.

"몽골? 뭔 소리야? 동굴 할아버지, 롯데리아 있는 사거리 뒤쪽 파라디아 아파트에 살아. 점집이야. 102동 1211호."

학교가 끝나고 나는 파라디아 아파트로 갔다. 102동 혹시 붙일 수 있나요? 현관문 앞에 도착한 나는 주머니에서 돈을 꺼내 다시 한 번 천천히 세어봤다. 돈을 세는 내 손은 긴장감 탓인지 파르르 떨리고 있었다. 11만 2000원. 이거면 되겠지? 나는 돈을 다시 주머니에 넣고 초인종을 눌렀다.

피리링, 피리링. 잠깐의 정적. 아무도 나오지 않았다. 나는 다시 초인종을 눌렀다. 피리링, 피리링. 아무도 나오지 않았다.

'초인종, 피리링, 아무도 나오지 않음.' 이 세트를 다섯 번 반복하자 성질이 났다. 나는 현관문 손잡이를 거칠게 잡아당겼다. 그러자 문은 그런 나를 비웃듯 스르륵 열렸다.

집 안으로 들어가자 제일 먼저 나를 반긴 건 코를 찌르는 퀴퀴한 쉰내였다. 이건 분명 '오래된 집'과 '오래된 인간'이 콤보로 풍기는 냄새가 분명했다. 나는 최대한 입으로 숨 쉬려고 노력하며 거실로 들어갔다.

거실 벽면엔 빛바랜 호랑이 그림이 걸려 있었다. 그 호랑이는 호랑이답지 않게 귀여운 얼굴을 하고 있었다. 맞은편 벽엔 녹색 칠판이 걸려 있었는데, 칠판은 이상한 도형과 글자로 가득했다.

거실에는 소파도, TV도, 아무것도 없었다. 텅 빈 거실 가운데에 엉거주춤 서서 칠판과 호랑이 그림을 번갈아 보고 있는데, 누군가 끄응 하고 숨을 내뱉는 소리가 들렸다. 나는 깜짝 놀라 주변을 둘러봤다. 안방에서 기척이 느껴졌다. 나는 까치발을 하고 그곳으로 향했다.

살짝 열려 있는 방문을 밀고 들어가자 기이한 풍경이 보였다. 웬 할아버지가 핑크색 전신 레깅스를 입은 채 거꾸로 서서 요가 동작 같은 걸 하고 있었다. 할아버지는 풍성한 백발에 키가 아주 크고 체격이 건장한, 온몸이 근육질(레깅스가 터질 것 같았다)인 '서양 외국인'이었다. 나는 심장이 덜컹 떨어지는 기분이었다. 영어로 말해야 하는 건지 걱정됐기 때문이다.

"앉아. 나 한국말 잘해. 걱정 안 해도 돼. 한국 산 지 70년이 넘었어."

내가 방석 위에 앉자, 할아버지는 묻지도 않았는데 유창한 한국말로 자기 얘기를 주절주절 늘어놓았다. 전형적인 '라떼는 말이야' 시리즈였다.

할아버지는 한국 전쟁을 취재하러 온 독일 종군 기자였는데, 계룡산에 갔다가 거기서 귀신이 들렸다고 했다. 외국인 할아버지의 입에서 흘러나오는 이야기는 흥미로웠지만, 복채가 얼마나 나올지 걱정됐던 나는 할아버지의 이야기를 귀담아들을 수 없었다.

복채를 먼저 물어보는 게 낫겠다 싶었다. 그래야 맘이 편할 것 같았다. "할아버지… 그게…." 내가 용건을 꺼내기도 전에 할아버지는 이렇게 말했다.

"11만 2000원."

나는 놀라서 물었다. "네?"

"복채. 11만 2000원이라고."

나는 입을 멍하니 벌리고 생각했다. 나한테 딱 11만 2000원이 있는 걸 어떻게 알았지? 아! 현관문 앞에 CCTV가 있구나. 이 능구렁이 같은 노인네가 내가 돈 세는 걸 카메라로 보고 있었구나. 이 노인네도 자본주의가 낳은 괴물이구나. 1000원이라도 좀 빼주지, 어떻게 딱 내 전 재산을 부르냐. 재수 없어. 그냥 나갈까?

내가 이런 생각들을 하는 와중에 독일인 할아버지는 구석에 놓여 있는 오래된 TV를 만지작거리고 있었다. 나는 갑자기 궁금해졌다. 이 할아버지는 동굴에 살지도 않는데 왜 동굴 할아버지라고 불리는 걸까?

할아버지는 낡은 TV의 전원을 켜서 채널을 이리저리 돌리며 큰 소리로 웃었다. 아이처럼 해맑은 웃음소리였다. 대체 뭐가 웃긴 거지? 할아버지가 깔깔대며 나를 돌아봤다. 그제야 나는 왜 이 할아버지가 동굴 할아버지라고 불리는지 알 수 있었다. 할아버지는 이빨이 하나도 없었다. 크게 벌린 입 안은 꼭 까만 동굴 같았다.

할아버지의 텅 빈 입 속을 본 순간, 마을버스를 탈 때마다 들리던 치과 광고가 떠올랐다. 멜로디까지 생각났다. '임플란트는~ 화이트 치과에~ 맡겨주세요~ 59만 원~ 국내 최저가~' 저 할아버지, 임플란트 해야 하지 않나? 임플란트를 30개 정도 하면 치과에서 할인해주나? 임플란트 대신 틀니가 싸게 먹히려나?

내가 이런 치의학적 고민을 하고 있는데 할아버지가 내 어깨를 툭툭 쳤다. 나는 정신을 차리고 할아버지를 바라봤다.

"이거 찾고 있지?"

할아버지가 TV를 가리켰다. 나는 화면을 바라봤다. 그리고 곧 굳어버렸다.

화면 속에는 세르게이가 있었다. 세르게이는 (꼭 내일 군대 가는 사람처럼) 금발 머리를 아주 짧게 자르고 (꼭 죄수복 같은) 헐렁한 남색 점프 수트를 입은 채 시골 마을의 돌담길을 걷고 있었다. 화면은 세르게이를 멀리서 비추고 있어서 표정까지 보이지는 않았다. 나는 화면 속으로 빨려 들어갈 듯이 얼굴을 TV에 바짝 갖다 댔다.

그때, 동굴 할아버지가 TV를 툭 꺼버렸다.

"일종의 '공명'이야. 나와 저 아이의 공명을 통해서 내 머릿속에 떠오른 것을 화면에 '투사'하는 거지."

묻지도 않았는데 어려운 단어를 섞어 주절거리는 것은 어른들의 보편적 특성이다. 나는 공명과 투사가 정확히 무슨 뜻인지는 몰랐지만, 맥락을 통해 대충 알 수 있었다. '공명'이라는 단어가 꽤 멋진 말이라는 생각이 들었다. "공명." 나는 작게 중얼거렸다. 그 단어는 소리도 예뻤다.

나는 치마 주머니에서 구겨진 돈을 꺼내 할아버지의 앉은뱅이책상 위에 내려놓았다.

"다시 틀어주세요."

하지만 할아버지는 다시 TV를 켜지 않고 빙글빙글 웃기만 했다.

"돈은 필요 없어."

할아버지가 미소를 지우고 단호한 목소리로 말했다. 내가 물었다.

"복채, 11만 2000원이라면서요."

할아버지는 고개를 절레절레 저었다.

"너한텐 돈을 받지 않을 거야. 너는 특별한 아이를 찾고 있으니까. 그래서 복채 대신 '대가'를 치러야 해. 돈 같은 천박한 것 말고."

나는 '돈은 천박한 것이 아니다, 돈은 세상에서 제일 좋은 것이다, 돈은 몸과 마음을 편안하게 해준다, 돈 없으면 침대

밖을 못 나간다'고 말하고 싶었지만 할아버지와 경제학적 논제를 두고 토론을 벌일 시간이 없었기 때문에 이렇게 물었다.

"무슨 대가요?"

할아버지는 뭐가 웃긴지 실실 웃으며 말했다.

"뭐, 꼭 물질이 아니어도 돼. 관념적인 것, 그러니까… 너의 어떤 '생각'이나 '감정', '미래에 일어날 어떤 일'도 괜찮아. 현재 '네가 갖고 있지 않은 것'도 돼. 아무거나. 하지만 나에게 줄 만한 '가치 있는 것'을 놓고 가."

알쏭달쏭한 말이었다. 하지만 어려운 일 같지는 않았다. 잠시 생각에 잠겼던 나는 알파고와 대국하는 바둑기사 이세돌처럼 묘한 미소를 지으며 이렇게 대답했다.

"미래의 제 아기를 드릴게요."

할아버지는 내 얼굴을 이리저리 날카롭게 쏘아보다가 곧 환한 웃음을 지었다.

"조오치! 미래의 아기! 좋다 좋아!"

할아버지의 입 동굴이 다시 보였다. 그 동굴은 이 세상에 존재하는 검은색 중에서도 가장 암흑 같은 검은색이었다.

나는 짧은 순간에 '미래의 내 아기'를 주겠다고 순발력 있게 대답한 내 자신이 뿌듯했다. 이 할아버지는 모르고 있다. 결국 나에게서 아무것도 받아내지 못하리라는 걸. 히히, 바보 같은 노인네야. 난 절대 아기를 낳지 않을 건데.

동굴 할아버지와 임플란트

"그럼, 미래의 네 아기는 '내 것'이다. 알겠지?"

나는 가벼운 마음으로 대답했다.

"아유, 그럼요."

할아버지는 콧노래를 흥얼거리며 TV를 틀었다. 돌담길을 걷고 있는 세르게이의 모습이 다시 보였다. 나는 화면을 집중해서 바라보다가 중얼거렸다.

"저기가 대체 어디지?"

그러자 할아버지가 빽 소리를 질렀다.

"어디긴 어디야, 저 돌을 보고도 몰라?"

나는 무식한 걸 들키기 싫어서 심드렁한 목소리로 이렇게 말했다.

"학교에서는 돌에 대해서 안 가르쳐주는데요."

할아버지는 내 얼굴을 물끄러미 바라보다가 이렇게 말했다.

"현무암. 제주도잖아."

"제주도…."

내가 멍하니 제주도에 대해 생각하고 있는데(나는 제주도에 가본 적이 한 번도 없었다) 할아버지가 이렇게 덧붙였다.

"저기 저 아이 뒤로 보이는 건 성산 일출봉이야. 아마도 저 아이는 지금 제주의 동쪽, 그러니까 성산 쪽에 있는 것 같구나."

할아버지 집에서 나온 나는 버스를 타지 않고 집까지 하염없이 걸어갔다. 방금 파라디아 아파트 102동 1211호에서 일어난 일들이 대낮에 꾼 꿈처럼 느껴졌다.

하지만 동굴 같은 할아버지의 입 속, 머리를 짧게 자른 세르게이, 돌담길 풍경 등은 내 머릿속에 단단히 자리 잡고 있었다. 오늘 겪은 일은 꿈이 아니었다. 꿈은 깨고 나서 금방 잊히니까.

나는 PC방에 가서 제주도에 대해 검색했다. 제주도는 우리나라에 존재하는 유일한 '특별자치도'라고 했다. 특별자치도라는 게 뭘까 궁금했지만 귀찮아서 검색은 안 했다. 인구는 67만 명이었다. 나는 '67만'이라는 숫자의 인구를 가늠할 수 없어서 돈에 대입해봤다. 67만 원은 100만 원보다는 적고 10만 원보다는 많으니, 67만 인구면 뭐 나쁘지 않은 수준이라고 생각했다.

세르게이가 있다는 성산은 제주의 동쪽 지역에서 가장 큰 마을이었다. 성산에서 유명한 곳은 일출을 볼 수 있는 '성산일출봉'과 옛날에 엄청 인기 있었다는 드라마의 촬영지인 '섭지코지', 그리고 고기국수집이었다.

나는 성산으로 떠나야겠다고 생각했다. 그리고 여러 날 고민한 끝에 장국영 아저씨를 떠올렸다. 다시는 아저씨를 안 보겠다고 다짐했지만 같이 누룽지 밥에 김치를 먹으며 전우애, 동지애 같은 게 생긴 모양인지 어느새 아저씨의 단점은 모두 잊고 좋은 점만 스멀스멀 떠올랐기 때문이다. 나는 아저씨에게 같이 제주에 가자고, 같이 가면 고기국수집에서 보쌈 세트를 사주겠다고 제안하려고 했다.

하지만 명성황후가 아저씨와 나의 핸드폰을 훔쳐 가는 바람에 나는 아저씨의 번호도 몰랐고, 안다고 해도 전화를 걸 핸드폰이 없었다. 나는 아저씨의 집이 어디에 있는지도 몰랐다. 터미널에서 멀지 않다는 것만 알고 있었다. 막막했다. 우리 동네에서 장국영 아저씨를 알고 있는 사람이 누가 있을까? 그때 머릿속에 한 사람이 떠올랐다.

'안산버스터미널의 청소부'. 장국영 아저씨의 첫사랑. 아줌마 아니고 아저씨.

그 아저씨라면 장국영 아저씨가 어디 사는지 알지도 몰랐다. 고등학교 동창이라고 했으니까. 나는 운동화를 꺾어 신고 나와 터미널을 향해 뛰었다. 이상하게도 내 첫사랑을 만나러 가는 것처럼 가슴이 쿵쿵 뛰었다.

터미널 대합실에는 사람이 꽤 많았다. 나는 서 있는 사람들을 요리조리 피해가며 터미널 이곳저곳을 돌아다녔다. 하지만 빗자루나 쓰레기봉투를 든 사람은 보이지 않았다. 어쩌면 청소 시간이 정해져 있는지도 몰랐다. 그래서 나는 대합실

의자에 앉아 무작정 기다리기로 했다. 누군지도 모르는 사람을 기다리는 건(그것도 스마트폰 없이) 생각보다 지루한 일이었지만 공부하는 것보다는 재밌었다. 다행스러운 일이었다.

나는 버스에서 내리는 사람들과 버스를 타러 가는 사람들을 구경했다. 사람들이 입은 옷은 하나같이 초라했고, 얼굴은 찌들어 있었다. 사람들의 손에는 다양한 색깔의 가방과 쇼핑백, 까만 비닐봉지, 꾸러미가 들려 있었다. 그들이 신나는 여행을 떠나는 사람들이 아니라는 건 분명했다.

"끼약!"

어디선가 여자의 비명이 들려왔다. 나는 비명이 들린 쪽을 돌아봤다. 여자는 손에 들고 있던 아이스커피를 바닥에 떨어뜨린 것 같았다. 바닥에 커피가 흥건했다.

그때, 대걸레를 든 키 큰 남자가 불쑥 나타나더니 걸레질을 하기 시작했다. 청소부였다. 여자는 '죄송합니다, 감사합니다' 따위의 말은 한마디도 하지 않고 어딘가로 휙 사리져버렸다. 청소부는 이런 상황이 익숙한 듯 묵묵히 걸레질을 했다. 그 광경을 잠시 구경하던 사람들은 금세 흥미를 잃고 청소부 아저씨를 유령 취급하며 스쳐 지나갔다.

나는 의자에 앉아 청소부 아저씨의 얼굴을 조용히 관찰했다.

'저 아저씨가 장국영 아저씨의 첫사랑이라고? 대체 저 사람을 왜 좋아한 걸까?'

동굴 할아버지와 임플란트

나는 그 청소부 아저씨의 얼굴에서 매력 비슷한 걸 찾아보려고 노력했지만 실패했다. 차라리 장국영 아저씨가 더 나았다. 장국영 아저씨는 식탐 부릴 때 빼고는 때때로 잘생겨 보였다. 왜냐면, 장국영을 닮았으니까.

"안녕하세요."

나는 청소부 아저씨에게 다가가 인사를 했다. 그냥 대충 하는 인사가 아니라, 90도로 허리를 굽히며 공손하게. 아저씨는 '청소부에게 인사를 건네는 여고생'을 태어나서 처음 마주친 것 같았다.

"어억!"

아저씨는 깜짝 놀라며 괴성도 아니고 대답도 아닌, 이상한 소리를 내뱉었다. 아저씨는 곧 침착함을 되찾고는 이렇게 물었다.

"뭐 쏟았어요? 어디예요?"

"그게 아니라… 아저씨 혹시… 그…"

이럴 수가.

나는 그 순간 내가 얼마나 바보 같은지 깨달았다. 청소부 아저씨에게 장국영 아저씨에 대해 물어야 하는데, 나는 장국영 아저씨의 진짜 이름을 몰랐던 것이다.

와, 씨! 이렇게 멍청해도 되나? 나는 눈동자를 이리저리 굴리며 어떻게 설명해야 할지 고민했다. 청소부 아저씨는 그런 나를 멍하니 바라보고 있었다.

"그게… 제가 어떤 아저씨 집을 찾고 있는데요…. 그 아저씨는 이 동네에서 오래 살았고… 키는 작고, 되게 마르고, 밥은 되게 많이 먹는데 말랐거든요, 근데 옛날에 깡패를 했었는데요, 싸움 되게 못하게 생겼는데 깡패였다는데, 암튼 간에, 그게, 그 아저씨가요, 얼굴이 어떻게 생겼냐면요, 음, '장국영' 알아요? 홍콩 영화배우요, 양조위 아니고 장국영이요, 그, 장국영 닮았어요."

"국영이 말하는 건가?"
청소부 아저씨는 어느새 씨익 웃고 있었다.
"국영이. 3반 '장국영.' 고등학교 동창 중에 장국영 닮은 애 있었거든. 걔, 사고 치고 학교 잘려서 소년원 갔다가, 어디였더라? 나중엔 충청도인지 전라도인지 어디로 가서 조폭 됐다는 얘기를 들었거든. 장국영 닮아서 옆 학교 여자애들한테 인기 되게 많았어. 매일 편지 받고, 선물 받고 그랬어. 근데 웃긴게, 걔 이름도 '장국영'이었거든. 걔 말하는 것 같은데?"

장국영 아저씨의 본명이 장국영이었다니. 나는 입을 벌리고 청소부 아저씨의 이야기를 듣고만 있었다.
"국영이는 왜 찾아? 걔, 아직도 여기 살아? 나는 이 동네에서 살다가 스무 살에 서울로 대학 갔어. 거기 쭉 있다가 얼마 전에 돌아온 거라 걔 안 본 지는 15년도 더 넘었는데? 국영이 네 집이 어딘지는 모르겠어. 연락처도 모르고. 옛날에 듣기로 는 걔네 집… 터미널 근처 어디라고 했는데… 자세히는 몰라."

장국영 아저씨의 집에 대한 어떤 실마리도 들을 수 없어서 실망했지만, 나는 다시 한 번 허리를 굽혀 공손하게 인사했다.

"괜찮아요. 제가 찾아볼게요. 어쨌든, 감사합니다."

내가 이렇게 공손하게 인사한 건 이 청소부 아저씨가 장국 영 아저씨의 첫사랑이기 때문이다. 다른 이유는 없었다.

나는 터미널을 빠져나왔다. 내 뒷모습을 물끄러미 바라보 는 청소부 아저씨의 시선이 느껴졌다. 나는 청소부 아저씨에 게 되돌아가 이렇게 외치고 싶은 강렬한 욕구를 느꼈다. '장 국영 아저씨가 아저씨 좋아했대요! 첫사랑이래요!'

하지만 그럴 수 없었다. 고백은 다른 사람이 대신 해주는 게 아니기 때문이다. 그것은 짝사랑하는 사람들 사이에 존재 하는 암묵적인 룰이다. 대신 고백해주는 것, 그것만큼 후진 일이 없다. 나는 장국영 아저씨의 집은 알아내지 못하고 아저 씨의 이름이 '장국영'이라는 놀라운 사실만을 알아낸 채 집으 로 향했다.

집 앞에 가까워질수록 걸음이 느려졌다. 대문 앞에 까만 양복을 입은 아저씨들 대여섯 명이 서 있었기 때문이다. 그 정체불명의 아저씨들은 위압감과 동시에 묘한 젠틀함을 말 그대로 '온몸으로' 뿜어내며 서 있었다.

나는 직감적으로 그들이 조폭이라는 걸 깨달았다. 나는 대문 앞을 가로막고 서 있는 그 아저씨들을 멍하니 바라봤다. '남의 집 앞에서 뭐 하는 거예요? 얼른 꺼지세요'라고 말하면 한 대 맞을 것 같아서 그냥 보기만 했다.

그때 한 아저씨가 내 존재를 눈치채고는 나를 향해 허리 굽혀 공손히 인사했다. 내가 청소부 아저씨에게 한 인사보다 더 공손한 인사였다. 다른 아저씨들도 내게 허리를 굽혔다. 나는 어리벙벙한 표정으로 그들을 바라봤다. 이상하게도 나를 바라보는 그 아저씨들의 눈에는 불운함이 가득했다.

"보스께서 돌아가셨습니다."

한 아저씨가 떨리는 목소리로 말했다. 그 얘기를 듣자 갑자기 머릿속이 아찔해지며 짜증이 솟구쳤다. 이 정신 나간 사람들은 대체 뭐지? 왜 우리 집 앞에서 이러고 있는 거지? 짜증이 나니까 신기하게도 용기가 솟았다.

"비키세요. 〈자이언트 펭수〉할 시간이에요. TV 봐야 돼요. 남의 집 앞에 이러고 서 있으면 경찰 부를 거예요."

그러자 놀랍게도, 아저씨들은 고개를 숙이며 나에게 길을 열어줬다. 순간 왕이라도 된 기분이었다. 뭐야 이 아저씨들? 재밌는데?

동굴 할아버지와 임플란트

"장국영 보스께서 돌아가셨습니다. 일주일 전에. 뺑소니였습니다. 이거, 받으시죠. 보스가 남긴 겁니다."

'장국영 보스'? 내가 아는 그 장국영 아저씨를 말하는 건가?

아저씨는 조폭 그만두고 시급 9620원을 받으며 왕따 당하는 여자애를 보디가드 해주던 시시한 사람인데? 보스라니? 그리고, 죽었다고? 아저씨가 죽었다고? 이 사람들, 대체 무슨 소리를 하고 있는 거지? 아저씨는 나주 곰탕을 세 그릇이나 먹고 배를 두들기며 집으로 갔는데? 죽었다니?

"성미람 양 맞으시죠?"

한 조폭 아저씨가 나에게 흰색 편지 봉투를 건넸다.

"보스께서… 본인에게 무슨 일이 생기면… 이 편지를 미람 양에게 전해달라고 하셨어요."

나는 엉거주춤한 자세로 편지를 받아 들었다.

"그럼… 안녕히 계십시오."

조폭 아저씨들은, 이번에는 90도가 아니라 120도로 허리를 굽혔다. 나도 엉겁결에 허리 굽혀 인사했다. 아저씨들은 잽싼 걸음으로 골목 저편에 세워둔 까만색 벤츠 두 대에 나눠 올라타더니 휙 사라져버렸다.

나는 편지를 손에 쥐고 대문 앞에 서서 하늘을 올려다봤다. 하늘에 먹구름이 가득했다. 비가 올 것 같았다.

감상적이고
현학적인

시급 9620원의
　　　깡패

미람아, 안녕? 평소엔 네 이름을 부르는 게 쑥스러웠는데 이렇게 글자로 적으니… 더 쑥스럽구나. 이상한 일이다. 이 세상엔 워낙 이상한 일이 많아서 유별나게 이상할 것도 없지만….

네가 이 편지를 읽고 있다는 건 내 인생이 '돌이킬 수 없는 어떤 순간'에 도착했다는 뜻이겠지. 너희들 표현대로 말하자면 '개망했다' 싶은 일이 내게 벌어졌을 거야. 나에게 어떤 일이 벌어졌든 간에… 그 일이 웃기든 끔찍하든 어떻든 간에 네가 놀라지 않았으면 좋겠어. 내 인생은 어차피 그런 식으로 돌아갔거든. 웃기면서도 끔찍한 방식으로.

네가 만났던 할머니는 내 친엄마가 아니야. 서른 살에 우연히 만나서 모시게 된 양어머니야. 어쨌든, 나를 실제로 낳은 사람들(부모님이라고들 하지)은 평범한 사람들이었어. 아버지는 알코올 중독이었고, 어머니는 한없이 무력하신 분이었지. 주변에서 흔히 볼 수 있는 평범한 조합이지?

둘에게는 그들을 하나로 단단하게 묶어주는 공통점이 있었는데 '가난하다'는 것이었어. 그런 평범한 부모 밑에서 자란 탓인지 나는 아주 평범한, 자연스러운 노선을 걷기 시작했어. 사고뭉치, 날라리, 개망나니가 된 것이지.

담임 선생님이 나에게 이렇게 말했던 기억이 나. '제발, 자퇴 좀 해줘라. 부탁이다. 선생님 좀 살려다오.' 담임은 내가 정말 싫었나 봐. 무단결석하고, 사고 치고 다니고, 경찰서에 가고 했으니까 뭐, 싫을 법도 하지. 근데 웃기게도 자퇴를 해달라는 소리를 들으니까 반항심인지 뭔지 오히려 학교에 나가고 싶더라고. 그래서 고등학교 2학년 가을 두 달 동안 하루도 빠지지 않고 학교에 나갔어.

그때 내 첫사랑을 만났어. 복도에서 스쳐 지나가던 그 애를 본 순간, 나는 곧바로 그 애를 좋아하게 됐어. 그 애를 보려고 학교를 더 열심히 나갔던 것 같아.

사람이 아닌 '물건'과 사랑에 빠진 사람들 얘기를 들어본 적 있니? 에펠탑이랑 3년 동안 사귀고 결혼을 한 미국 여자가 있거든. 응, 진짜야. 파리에 있는 그 에펠탑 맞아. 그 여자는 '에펠탑'과 결혼했어.

베를린 장벽이랑 결혼한 사람도 있어. 에펠탑은 어찌 보면 해피 엔딩인데, 베를린 장벽과 결혼한 사람의 이야기는 새드 엔딩이야. 1989년에 동독과 서독이 통일되면서 베를린 장벽이 무너졌거든. 독일 사람들이 통일을 축하하며 파티를 하고 있을 때, 베를린 장벽과 결혼한 사람은 울었대. 자신의 배우자가 죽어버렸으니까.

물론 법적인 의미는 없어. 본인이 물건과 결혼했다고 '주장'을 하거나, '결혼식을 올렸다'는 것뿐이지. 하지만 그들은 그 물건들을 정말 사랑했어. 나는 물건과 사랑에 빠진 사람들의 이야기를 듣고 안도했단다. 세상에는 다양한 종류의 사랑이 있고, 나도 그저 그중 하나일 뿐이라는 사실이 나를 위로했거든. 흔한 사람이 된 기분이었어. 나는 내 사랑이 흔한 사랑이길, 평범한 사랑이길 바랐거든.

나는 그 애를 본 이후로 학교에 매일 나갔어. 나는 3반, 걔는 5반이었어. 나는 걔한테서 관심을 끌어보려고 쉬는 시간에 괜히 교실 창문을 부수거나 복도에서 애들을 때리거나 했어. 나는 나름 학교에서 유명인이었는데(안 좋은 쪽으로 말이야), 걔는 나에 대해 신경도 안 쓰는 눈치였어. 나를 무서워하지도 않았고 싫어하지도 않았고 물론 좋아하지도 않았어.

복도에서 스쳐 지나갈 때마다 걔가 나를 어떤 눈빛으로 볼지 기대했었어. 혐오든 공포든 뭐든, 어떤 시선으로든 나를 바라봐주면 좋겠다고 생각했어. 하지만 걔는 내 눈을 보지 않았어. 아니, 지금 생각해보면 바라보지 않은 게 아니라 그 애의 세상에 나라는 사람은 처음부터 존재하지 않았던 거지.

우리는 같은 학교, 같은 복도를 걸어 다녔지만 다른 세상에 살고 있었던 거야. 걔네 부모님은 알코올 중독도 아니었고, 우리 집처럼 가난하지도 않았어. 걔는 책가방을 메고 다녔고(나는 공부를 안 해서 가방이 없었어. 들고 다닐 책이 없었으니까) 좋은 냄새가 났어(나한테서는 담배 냄새가 났을 테지).

걔한테는 꿈이 있었어(그때 내 꿈은 야마하 오토바이를 사는 거였어). 번듯한 꿈을 가질 만큼 공부를 잘했거든. 의사였던가, 변호사였던가…. 걔 꿈이 뭐였는지는 기억 안 나. 내가 꿈꿀 수 없는 종류였다는 것만 기억나. 걔랑 내가 앞으로 같은 세상에서 마주칠 일이 없다는 걸 깨달은 순간부터 나는 빠르게 망가지기 시작했어.

친구들이랑 사고를 쳤어. 친구들? 아니, 동료들이라고 하는 게 맞을지도 모르겠다. 우리가 하는 일이라고는 패거리를 조직해서 싸우고 다니는 게 전부였거든. 우리는 어느 날 옆 동네 패거리와 싸우다가 스무 살짜리 형을 죽였어. 즉사였어. 뭐, 다들 하는 말을 나도 똑같이 하게 되네. '죽일 생각은 없었어.' 나는 이 말을 소년법정에서도 주절거렸지.

내 말은 공허했어. 죽일 생각이 없었다고 해도 그 형은 이미 죽었기 때문이지. 형은 죽었고, 나는 살인자가 되었고, 그래서 소년원에 들어갔어.

소년원에 들어갔는데 마음이 편하더라. 술 취한 아버지를 안 마주쳐도 된다는 생각에 얼마나 기분이 좋던지 가끔 실실 웃기도 했어. 그러다가 가끔은 '이왕 애들을 패고 다닐 거면 아버지를 패버렸어야 하는 거 아닌가?' 하는 생각을 했어. 그렇지 않니? 왜 나는 엉뚱한 사람들을 때리고 다녔을까?

소년원에 들어오고 3개월이 지났을 때 우리 집에선 끔찍한 일이 벌어졌어. 뉴스에 흔하게 나오는 일이지. 굳이 설명하진 않을게. 그렇게 나는 고아가 되었어. '범죄자+고아.' 불행한 인생을 살아온 엄마를, 그 끝이 참혹했던 엄마를 동정할 틈도 없었어. 나에게 맞아 죽은 스무 살짜리 형을 동정할 틈도 없었어. 나는 나를 동정하기 바빴거든.

소년원에서 나는 자주 그 애를 떠올렸어. 그러다가, 나는 걔를 좋아한 게 아니라 부러워한 것일지도 모른다는 생각이 들었어. 나는 걔를 동경했던 거야. 그래서 소년원에서 나가면 걔를 패버려야겠다고 생각했어. 내 마음을 혼란스럽게 한 죄를 묻고 싶었어. 걔의 존재 자체가 죄라고 생각했어. 나는 고통스러웠거든. 그 애를 좋아하는 마음 때문에.

소년원 프로그램 중에 종교인들과 함께 여행을 떠나는 교화 프로그램이 있었어. 나는 딱히 가고 싶지 않았지만 무조건 참여해야 해서 다른 소년범 애들과 함께 순천으로 여행을 떠났어. 여행이라고 해서 자유롭게 돌아다닐 수 있는 건 아니고, 인솔자가 있었어. 엄격하게 통제된 패키지 여행 같은 거라고 생각하면 돼. 교도관 세 명과 천주교 신부님 한 명이 우리랑 같이 다녔어.

다른 소년범 애들은 은근 신이 난 눈치였어(사실 나도 신났지만). 어찌 됐든 갑갑한 소년원을 탈출한 거였으니까. 다들 센 척하느라 숨기려고 애썼지만, 우리는 순천만 갈대밭에서 자연에서만 느낄 수 있는 어떤 '감동' 같은 걸 받았어. 흔들리는 갈대로 뒤덮인 길을 걸으면서 단 한 명도 입을 열지 않았던 걸 기억해. 우리는 갈댓잎이 부딪히는 소리를 조용히 듣고 있었어.

나는 그 소리가, 꼭 갈대가 나에게 말을 거는 것처럼 느껴졌어. 갈대가 내 전생을 속삭이는 것만 같았어.

'나는 너의 과거를 알고 있단다. 그 과거의 과거도. 아주 먼 과거까지…. 알고 싶지 않니? 이리 가까이 와보렴. 너에게 모두 이야기해줄게.'

나는 일렬로 걷고 있던 무리를 벗어나 갈대숲으로 뛰어들고 싶은 충동을 억눌렀단다.

갈대숲에서 나와 숙소로 돌아가는 길에 신부님이 나를 보며 빙긋빙긋 웃으셨어. 나는 그 미소가 내심 기분이 나빴어. '나에 대해 알지도 못하는 게, 착한 척하면서 쉰 소리나 해대겠지' 싶었거든. 앞으로 바르게 살아라, 속죄해라, 하나님이 너를 돌봐주실 거다, 기타 등등의 뻔한 말들 말이야. 그런데 신부님은 나에게 이렇게 말했어.

"너에게서 좋은 향기가 난다."

나는 그 얘기를 듣고 깜짝 놀라서 물었어.

"네? 향기가 난다고요? 향수 안 뿌렸는데요?"

신부님은 빙긋 웃으며 이렇게 말했어.

"응. 너한테서 좋은 냄새가 나. 너는 참 순수한 아이 같구나."

소년원에 돌아온 이후로도 나는 신부님의 말을 계속 곱씹었어. 대체 나한테서 무슨 냄새가 나길래 '순수하다'고 한 걸까? 그때, 내 첫사랑 남자애한테서 나던 냄새가 떠올랐어. 샴푸 냄새나 향수 냄새처럼 인공적인 향이 아닌, 말로 설명할 수 없는 그냥 좋은 냄새. 신부님 말이 진짜라면, 어쩌면… 나한테서도 그런 향이 나는 게 아닐까 하는 생각이 들었어.

그 이후로 나는 막연한 기대 같은 것을 갖게 됐어. 어쩌면, 나도 제대로 된 인생을 살 수 있지 않을까? 어쩌면, 나도 그 아이처럼 제대로 된 꿈을 가질 수도 있지 않을까? 어쩌면. 어쩌면….

그래서 책을 읽기 시작했어. 왜냐면 내가 어떤 꿈을 가져야 할지 몰랐거든. 똑똑한 사람들은 모두 책을 읽고, 똑똑한 사람들이 쓰는 게 책이니까 그 안에 답이 있을 것 같았어. 내가 어떤 꿈을 가져도 되는지, 어디까지 꿈꿔도 되는 건지 그 '가능성의 적당함'에 대한 해답이 책 속에 적혀 있을 것 같았어. 나는 부족하지도 않고 대단하지도 않은 '적당한 수준'의 꿈을 갖고 싶었거든.

책을 500권쯤 읽었을 때 나는 소년원에서 나오게 됐어. 내 꿈에 대한 실마리를 그 어떤 책에서도 찾지 못한 채로. 그런데 출소한 날에 겪은 어떤 일 때문에 우연히 내 꿈을 찾게 됐지.

출소하던 날, 나를 붙잡아서 소년법정에 세우고 소년원에 보냈던 담당 형사님이 소년원 정문 앞에 서 있었어. 나는 형사님을 보자마자 무서워서 발발 떨었어. 또 나를 잡아가려고 온 줄 알았거든. 그런데 형사님이 나에게 이렇게 말했어.

"뭘 떨어? 죄지은 거 없으면 당당하게 굴어, 이 자식아! 얀마, 아저씨랑 밥이나 먹으러 가자. 뭐? 돈 없다고? 자식아, 내가 사줄 거야."

형사님과 나는 나주에 가서 곰탕을 먹었어. 나주까지는 차로 두 시간 정도 거리였어. 차 안에서 형사님은 내 (죽은) 부모님에 대한 이야기를 해줬어. 어디서 화장을 했고, 어디에 뿌렸다, 납골당은 비싸서 못 했다, 미안하다, 부모님의 친척들을 찾을 수 없었다 등등… 나는 그런 얘기들이 하나도 궁금하지 않았지만 잠자코 듣고 있었어. 형사님은 이렇게 얘기했어.

"힘든 일이 생기면 나주에 가서 곰탕을 먹어라. 그러면 하루 정도는 더 살아볼 힘이 난다. 깍두기 넣어서 뻘건 국물도 꽉꽉 떠먹고."

그날 형사님과 먹은 곰탕은 맛이 있었다고 하기도 그렇고 맛이 없었다고 하기도 그래. 그냥 어리벙벙한 상태에서 퍼먹은 기억밖에 안 나거든.

그런데 몇 달이 지난 어느 날이었어. 그때 나는 파주에 있는 고무장갑 공장에서 일하고 있었거든(형사님이 소개해준 곳이었는데, 기숙사도 있고 밥도 세 끼 다 주고 그랬어). 그런데 정말 이상하게도 어느 날 밤에 나주 곰탕이 미치도록 먹고 싶어서 잠이 안 오더라고. 밤새 곰탕 생각을 하면서 끙끙 앓았어. 그래서 첫차가 뜨자마자 나주로 향했어. 그리고 곰탕을 먹고 파주로 올라오는 길에, 경찰이 되어야겠다고 다짐했어.

그리고 나는 나쁜 놈들을 때려잡는 멋진 경찰이 되었다.

말하고 싶지만 네가 알다시피 나는, 왕따 당하는 필리핀 혼혈 여고생을 지켜주는 일을 하는 시급 9620원의 깡패 나부랭이가 되고 말았지.

감상적이고 현학적인 시급 9620원의 깡패

8년 동안 경찰 시험을 여덟 번 봤어. 그런데 내 업보는 나를 부둥켜안은 채 떨어지지 않았단다. 8년 동안 계속 떨어졌어, 면접에서. 소년원에 있었던 내 과거 때문이지. 그래서 나는 경찰 시험 공부를 때려치우고 소년원에서 만났던 아이들과 조직을 만들었어. 깡패 짓 하면서 돈을 참 많이 벌었지. 나는 매일 밤, 피와 죄가 묻은 돈을 움켜쥔 채 잠들었어. 돈을 끌어안아야만 잠이 왔거든.

경찰이 되지 못해서 아쉬웠냐고? 소년원에 있었다는 이유로 나를 면접에서 떨어뜨린 사람들이 원망스러웠냐고?

아니, 나는 그게 순리에 맞는 일이라고 생각했어. 공평한 결과였어. 죄를 지은 사람은 죗값을 치러야 하는 거니까. 내가 사람을 죽였다는 사실은 변함이 없는 거니까. 나 같은 죄인이 경찰이 된다면 이 세상은 너무 불공평한 게 아닌가?

그렇게 불공평으로 가득 찬 세상은 나라는 사람의 좌절을 통해 아주 작은 공평함을 세상에 선보이게 됐지. 아마도 세상은 이런 마음이었을 거야. '아주 가끔은 공평해도 되지 않나? 아주 가끔은… 괜찮지 않나?'

난 왜 경찰이 되고 싶었을까? 어쩌면 나는 그저, 나 같은 아이들에게, 힘든 순간을 견디고 있는 아이들에게 곰탕을 사주고 싶었는지도 몰라. 그냥 단순히 그 이유였을 거야.

신부님이 거짓말한 게 아니라면, 내 몸에서 정말 좋은 향기가 났다면 그건 과거 일일 거야. 내 몸에서는 이제 끔찍한 냄새밖에 나지 않는다는 걸 알아.

미람아. 나에게 새로운 삶이 주어진다면, 아저씨는 비누로 태어나고 싶어. 좋은 향기를 갖고 태어나서 사람들을 씻겨주는 그런 존재가 되고 싶어. 그럴 수 있을까? 넌 어떻게 생각하니?

장국영 아저씨의 편지는 그렇게 끝이 났다.

'넌 어떻게 생각하니?'

질문으로 편지를 끝내다니, 이건 반칙 아닌가 하는 생각이
들었다. 대답을 듣지 못할 걸 알면서 편지를 썼을 텐데… 왜
나에게 이런 걸 묻는 걸까?

나는 자꾸만 졌다는 생각이 들었다. 아저씨는 편지를 물
음표로 끝맺으면서 나를 이긴 것이다. 결국, 죽은 자가 승자
다. 죽은 자는 침묵함으로써 언제나 우위를 점할 수 있기 때
문이다.

나는 패자의 자존심을 지키기 위해 편지를 찢어버렸다. 하
지만 영원한 승자에게 경의는 표해야 했다. 나는 아저씨가 비
누가 아닌 그 무엇으로도, 그 어떤 존재로도 다시 태어나지
않길 마음속으로 바랐다. 아저씨가 세르게이처럼 N회차 인
생을 살게 되지 않기를 바랐다.

도둑을
위한

도서관

도둑을
위한

나는 세르게이를 찾아 제주도 성산으로 떠날 준비를 했다. 수능은 20일 정도 남아 있었다. 이 말인즉슨, 날씨가 점점 추워지고 있다는 뜻이다. 나는 옷장 깊숙이 넣어놓았던 두꺼운 옷들을 꺼내 내가 제일 좋아하는 파란색 캐시미어 스웨터를 찾아 입었다. 스웨터를 입기에는 아직 좀 더웠지만, 어쩌면 제주도에서 겨울을 나게 될지도 모르니까 입고 가기로 했다.

짐은 최대한 줄이기로 했다. 나는 크로스백에 지갑, 최신형 핸드폰, 쿠션팩트, 틴트, 머리끈, 프랑스제 유기농 클렌징폼, 선크림, 팬티 두 장만 넣고 집을 나섰다. 고데기는 포기했다. 고데기를 챙기면 헤어 에센스랑 헤어 오일 등 가져가야 할 물건이 너무 많아지기 때문이다.

고데기를 놓고 가기로 한 것은 내 인생에서 가장 과감한 결정이었다. 그런 결정을 내리니 한 단계 성장한 기분이 들었다. 예뻐지는 걸 포기하고 간편함을 선택하다니, 내 자신이 조금 어른스럽게 느껴지기까지 했다.

그런데, 최신형 핸드폰을 새로 샀냐고? 맞다. 돈이 어디서 났냐고?

나는 장국영 아저씨의 편지를 찢어버리고 나서 생각했다.

'이딴 거 쓸 시간에 돈이나 남겨주지. 쳇. 조폭 두목인 걸 숨기고 나한테 시급 9620원을 받아가다니, 웃긴 양반이네.'

그런데 며칠 뒤, 조폭 아저씨들이 까만색 서류 가방 아홉 개를 들고 우리 집에 왔다. 가방 안은 5만 원짜리 지폐로 가득했다. 생전에 장국영 아저씨는 자신의 전 재산을 나에게 유산으로 남긴다고 변호사에게 미리 말해놓았다고 한다. 나는 서류 가방에 있는 돈이 전부 얼마인지 물어보지 않았다. 시큰 둥한 표정으로 "거기 놓고 가세요"라고 말했을 뿐이다.

조폭 아저씨들이 모두 떠나고 나는 환희의 개다리춤을 추며 지폐를 일일이 셌다. 5억이 넘어갔을 때 돈을 세는 걸 포기했다. 셈은 의미가 없었다. 나는 그 돈이 내가 감히 상상할 수 없는 큰 단위의 돈이라는 것만 기억하기로 했다. 그러다 갑자기 아저씨의 편지가 떠올랐다. 정확히는 신부님이 아저씨에게 건넨 말이. '너에게서 좋은 향기가 나는구나.'

나는 지폐 뭉치를 들어 올려 냄새를 맡았다. 아저씨가 남긴 돈에서도 향기가 나는지 궁금했다. 지폐에서는 퀴퀴한 냄새가 났다. 나는 그 냄새를 음미했다. 그리고 그 냄새를 '아저씨의 향기'라고 기억하기로 했다. 그렇게 아저씨는 나에게 향기라는 유산을 남겼다.

나는 제주도에 가기 위해 김포공항에 가서 비행기를 탈지, 버스를 타고 진도로 가서 배를 탈지 결정해야 했다. 아무래도 상관없었다. 돈이 두둑하게 생기자 비행기 '일등석'이라는 걸 타보고 싶었다. TV에서 보니 일등석에 앉으면 침대처럼 누워서 갈 수도 있는 것 같았다. 그래서 비행기를 타기로 결정했다. 태어나서 처음 타보는 것이었기 때문에 인터넷에서 비행기 타는 법을 두 시간 동안 검색해봤다.

하지만 나는 비즈니스석에 앉을 수밖에 없었다. 제주도로 가는 비행기에는 일등석이 없었기 때문이다. 곧 비행기가 하늘로 떠올랐고, 놀이기구에 올라탄 것처럼 몸이 붕 뜨는 기분이 들면서 귀가 멍해졌다. 나는 비행기를 처음 타보는 게 티가 날까 봐 최대한 자연스럽게 행동하려고 노력했다. 긴장한 탓인지 온몸이 쑤셨다. 내 옆자리에 앉은 아저씨는 비행기가 이륙하자마자 귀마개를 끼고 잠이 들었다.

다행이었다. 덕분에 나는 입을 헤벌린 채 창밖 구름을 마음껏 구경할 수 있었다. 옆자리 아저씨가 잠이 들지 않았더라면, 나는 비행기를 처음 탄다는 걸 티 내지 않기 위해 구름 따위 관심 없는 듯 연기했을 거다.

비행기가 제주공항에 도착했다. 공항 밖으로 나오자마자 육지에서는 볼 수 없는 신기한 모양의 야자수들이 주욱 늘어서 있는 풍경이 보였다. 나는 한동안 야자수들을 멍하니 쳐다보다가 버스를 타기 위해 줄을 선 사람들 사이를 헤치고 택시 승강장에 갔다.

"기사님, 성산으로 가주세요. 현금 되죠?"

나는 택시에 올라탄 후 크로스백 안에 슬그머니 손을 넣어 돈 봉투를 확인했다. 두툼한 봉투는 그대로 있었다. 봉투 안에는 5000만 원이 들어 있었다.

성산으로 가는 동안 나는 창밖 풍경을 구경했다. 제주는 꼭 신비의 섬처럼 느껴졌다. 한 번도 본 적 없는 낯선 모양의 나무들, 낮은 산(기사님이 말씀하시길 이 작은 산들은 산이 아니라 '오름'이라고 했다. 제주는 화산이 분화하며 만들어진 화산섬인데, 오름이 그 증거라고 했다. 제주에는 오름이 수백 개 있는데 그 오름들의 대장이 한라산이리고 헸다), 들판 위에서 한가롭게 풀을 뜯고 있는 말들….

"말이다! 오, 대박! 아저씨, 잠깐 섰다가 가면 안 될까요? 말 구경하고 가면 안 돼요?"

태어나서 처음으로 말을 본 내가 흥분해서 소리쳤다. 아저씨는 차를 세우자는 내 말을 가볍게 무시하고는 차분한 목소리로 이렇게 말했다.

"가는 길에 100마리는 더 볼 거야."

그 말은 사실이었다. 엄밀히 말하면 100마리까지는 아닌데, 체감상 100마리는 될 것 같은 많은 말을 스쳐 지나갔다. 어느새 시큰둥해진 나는 하품을 하기 시작했다. 기사 아저씨는 성산까지는 40분 정도 더 가야 된다고 했다.

"산에도 성별이 있다는 거 아니?"

묵묵히 운전을 하던 기사 아저씨가 나에게 물었다.

"네? 성별이요?"

"응. 남자 산이 있고 여자 산이 있단다. 저기, 한라산은 뭘까? 맞춰봐."

나는 창밖 저 멀리 높이 솟아 있는 한라산을 바라봤다. 도저히 감이 오지 않았다. 산에 성별이 있다니, 태어나서 처음 듣는 이야기였다.

"너의 감을 믿어봐."

기사 아저씨는 우물쭈물하며 대답하지 못하는 나를 흥미롭다는 듯 백미러로 쳐다보고 있었다.

"음… 여자요."

아저씨는 내 대답을 듣고 좌석에서 앉은 채로 펄쩍 뛰었다.

"오, 어떻게 알았어? 이야, 대단하네!"

나는 아저씨의 반응에 순간 우쭐해졌다.

"그냥… 산이 큰데… 뭔가 부드러워요. 진짜로 한라산은 여자예요?"

아저씨는 실실 웃으며 뿌듯한 얼굴로 말했다.

"아, 이거 참, 육지 아가씨가 감이 좋네. 여자 맞아. 정확히는 '할머니'야, 한라산은."

할머니… 할머니 산.

"제주도에는 상처받은 사람들이 유난히 많이 와. 아마 본능적으로 끌리는 걸 거야. 할머니 품에 안겨서 쉬고 싶은 거지. 한라산뿐 아니라 제주도 자체가 커다란 할머니라고 할 수 있어. 제주 탄생 설화에 그렇게 나와 있거든."

나는 창밖의 한라산을 멍하니 바라보며 진도버스터미널에 버리고 왔던 쪼글쪼글한 치매 할머니를 떠올렸다. 장국영 아저씨를 떠올렸다. 꼬막 공장의 엄마를 떠올렸다. 집에 돌아오지 않는 아빠를 떠올렸다. 내 돈을 갖고 사라져버린 명성황후 남자애를 떠올렸다. 그리고, 세르게이를 떠올렸다. 내 주변의 사람들은 모두 내 곁을 떠나거나 죽어버렸다.

'경찰이 되지 못해서 아쉬웠냐고? 소년원에 있었다는 이유로 나를 면접에서 떨어뜨린 사람들이 원망스러웠냐고? 아니, 나는 그게 순리에 맞는 일이라고 생각했어.'

나는 아저씨가 편지에 적었던 한 구절을 떠올렸다.

순리에 맞는 일.

어쩌면, 모든 사람들이 내 곁을 떠나는 게 순리 아닐까 하는 생각이 들었다. 혼자서 쓸쓸하게 이번 생을 살아가는 것이 내 인생의 순리일지도 몰랐다.

그렇다면, 세르게이를 찾으러 가는 건 순리에 어긋나는 일 아닐까? 근데, 순리가 뭐지? 누가 정한 거지? 운명이 정해져 있다는 뜻인가? 인간은 그저 운명이 정해놓은 길만을 따라가야 하는 걸까? 자유 의지 따위는 없다는 건가? 그럴 거면 왜 태어났지?

내가 애송이 철학자처럼 이런저런 생각을 하고 있는데 아저씨가 차를 세웠다.

"여기가 성산이야."

나는 촌놈처럼 창밖을 두리번거렸다.

"감사합니다. 아저씨, 얼마예요?"

"400만 원."

나는 택시 요금을 듣고 놀라서 꽥 소리를 질렀다. 이 아저씨, 내 가방 속에 5000만 원이 있다는 걸 알고 저러는 건가? 어떻게 알았지? 내가 어린애라고 사기 치는 건가? 내 가방 뺏어 가면 어쩌지? 긴장감에 몸이 가늘게 떨렸다.

"장난이야. 4만 2000원인데, 4만 원만 받을게. 온종일 공치다가 간만에 장거리 뛰어서 기분이 좋네. 육지 아가씨, 재밌게 놀다 가. 저기 보이는 게 성산 일출봉이야. 가지는 말아. 볼 것도 없어. 일출봉은 직접 올라가는 것보다 멀리서 바라보는 게 더 멋있거든."

나는 콩닥거리는 가슴을 진정시키고 아저씨에게 5만 원을 드렸다.

"잔돈 안 주셔도 돼요. 감사합니다."

아저씨는 휘둥그레 눈을 뜨고 나를 바라봤다.

"아이고, 감사합니다! 좋은 하루 되세요!"

여태 반말로 말을 걸던 아저씨는 갑작스럽게 존댓말을 썼다. 역시, 돈의 힘이란 대단했다.

나는 택시에서 내려 발길 닿는 대로 무작정 걸었다. 세르게이를 어떻게 찾을지는 내일부터 생각하기로 했다. 나는 성산읍 작은 마을을 이곳저곳 걸어 다니며 구경했다. 있을 건 다 있었다. 편의점도 있었고, 치킨집도 있었다. 작은 마트도 있었다. 맥도날드는 없었지만 롯데리아는 있었다. 파리바게트는 없었다.

나는 아무 식당에 들어가서 고등어구이를 시켜 밥을 두 공기 먹었다. 밥을 먹으면서 나는 옆 테이블 아저씨들이 소주를 마시는 모습을 힐끗힐끗 봤다. 소주 이름이 '한라산'이었다. 강렬한 호기심이 들었다. 한라산이라는 이름이 붙은 소주는 대체 무슨 맛일까 궁금했다. 제주는 특별한 섬이라고 했으니 소주 맛도 특별할지 몰랐다.

나는 한참 동안 고등어를 깨작거리다가 용기를 내 소주를 시켰다. 내가 고등학생인 걸 눈치채고 술을 안 주면 어쩌지 걱정했는데 식당 아줌마는 무심한 얼굴로 소주를 가져다줬다. 나는 태연한 척 뚜껑을 따고 잔에 소주를 따랐다. 그리고 한 모금 삼켰다. 한라산은 내 예상과 달리 평범한 소주 맛이었다. 나는 조금 실망했다. 더 마실 필요도 없었다.

남은 소주를 어떻게 할까 고민하다가 옆 테이블 아저씨들에게 말을 걸었다. "아저씨… 저 이거 맛만 봤는데, 드려도 될까요?" 아저씨들은 함박웃음을 지으며 술병을 건네받았다. 하여간 술꾼들이란.

식당을 나온 나는 오늘 밤에 잘 곳을 찾아다녔다. 나는 성산읍에서 제일 번듯해 보이는 호텔로 들어가서 스위트룸을 달라고 했다.

"스위트룸은 35만 원인데 괜찮으시겠어요?"

프런트 직원이 걱정스러운 표정을 지으며 물었다. 나는 그 과한 염려가 짜증나서 이렇게 대답했다.

"50만 원짜리는 없어요?"

직원은 그제야 상황을 눈치챈 듯 공손한 태도로 말했다.

"제일 좋은 객실로 모시겠습니다."

그날 밤 나는 성산에서 가장 좋은 호텔의, 가장 좋은 방의 테라스에 서서 저 멀리 서 있는 성산 일출봉을 바라봤다. 아쉽게도 어둠 속의 일출봉은 윤곽만 드러내고 있었다. 나는 내일 아침 풍경을 기대하며 침대에 누웠다.

　잠이 들려는 순간, '다음 날 아침이 오기를 바라며 기대감에 부풀어 잠든 적'이 대체 언제였는지 기억을 더듬어봤다. 도무지 기억나지 않았다. '내일이 오지 않았으면' 하고 밤새 뒤척였던 기억만 가득했다. 갑자기 내 자신이 불쌍하게 느껴졌다. 그래서 침대에서 나와 호텔 1층에 있는 편의점으로 갔다. 그리고 과자를 열다섯 개 샀다. 봉지 과자가 아닌, 평소엔 비싸서 먹지 못했던 상자 과자만 잔뜩 골랐다.

　방으로 돌아와 침대 위에 과자를 뜯어서 늘어놓고 하나씩 먹었다. 여덟 번째 과자를 먹고 나니 지겨워졌다. 침대 한쪽에 과자를 밀어놓고 벌러덩 누웠다. 침대가 커서 기분 좋았다. 나는 팔다리를 이리저리 휘저으며 침대 위에서 뒹굴뒹굴 굴렀다. 그러다가 어느 순간 잠이 들었다.

　꿈에서 세르게이와 소풍을 갔다. 세르게이가 김밥을 싸 왔는데, 참치김밥이었다. 그걸 본 나는 엉엉 울었다. '나는 참치 안 먹는단 말이야! 왜 이딴 걸 가져왔냐고! 내가 돈까스김밥 좋아하는 거 알면서 왜 참치김밥 가져왔어! 네가 어떻게 나한테 이럴 수 있어, 엉엉!' 꿈속에서 나는 엄마를 찾으며 울었다. 세르게이는 그런 나를 물끄러미 바라보고만 있었다.

　아침이 됐다. 나는 축축한 베개를 더듬으며 잠에서 깼다.

꿈을 꾸며 정말로 울었나 보다. 정말 괴상한 꿈이었다. 나는 참치김밥을 제일 좋아하기 때문이다. 꿈속에서 엄마를 찾으며 울었다는 사실도 괜히 쪽팔렸다. 그래서 나는 누운 채로 아홉 번째 과자를 뜯어 먹었다. 과자를 먹으면 기분이 좋아질 것 같았다.

열두 번째 과자를 먹고 있을 때 어젯밤 기대하며 잠들었던 창밖 풍경을 봐야 한다는 생각이 번쩍 들었다. 나는 벌떡 일어나 암막 커튼을 젖혔다. 창밖이 드러나자마자 입에서 헉, 하는 소리가 흘러나왔다.

일출봉은 보이지 않았다. 일출봉만이 아니라 아무것도 보이지 않았다. 지독한 안개가 온 마을을 뒤덮고 있었다. 그 안개는 내가 도시에서 봐왔던 평범한 안개가 아니었다. 하늘부터 땅까지, 모든 것을 사라지게 만드는 '압도적인 안개'였다. 한 치 앞도 볼 수 없을 정도였다.

나는 그 풍경이 무서웠다. 하지만 동시에 안개 속으로 뛰어들고 싶은 강렬한 충동을 느꼈다. 나는 세수도 하지 않고 선크림도 바르지 않고, 심지어 쿠션팩트도 바르지 않은 맨얼굴로(까무잡잡한 얼굴로) 호텔 방을 나섰다. 그리고 안개 속으로 뛰어들었다. 나는 희뿌연 안개 속에서 성산읍 동네 주민들에게 '키가 크고, 머리는 금발에, 눈은 새파란 러시아 남자애를 본 적이 있는지' 물어보고 다녔다. 안개 속에서 마주친 사람들은 꼭 유령처럼 느껴졌다. 그 유령들은 내 물음에 고개를 젓거나 본 적이 없다고 대답했다. 그렇게 한참 동안 안개 속을 헤매고 다니는데 이상하게도 행복했다. 나는 이 안개 속에서 평생토록 방황하고 싶은 묘한 감정을 느꼈다.

"남자애? 왜 찾는 거?"
돌담 밑에 쭈그리고 앉아 있던 할머니가 되물었다. 나는 이유를 설명하지 않고 할머니 옆에 같이 쭈그리고 앉았다.
"저기, 저거."
할머니는 돌담 근처 허공을 향해 손가락질을 했다.
"양놈. 저기."
나는 '양놈'이 '서양놈', 즉 세르게이를 말한다는 걸 뒤늦게 눈치챘다. "감사합니다." 나는 할머니에게 꾸벅 인사하고는 할머니가 가리킨 그곳으로 향했다. 안개가 자욱한 탓에 할머니가 말해주지 않았다면 그곳에 건물이 있는지도 몰랐을 거다. 그때였다. 내 뒤에서 목소리가 들려왔다.
"어떤 인연은 만나지 않는 게 더 좋단다."
나는 깜짝 놀랐다. 그건 할머니 목소리가 아니었다. 분명 장국영 아저씨의 목소리였다. 나는 뒤를 홱 돌아봤다. 그곳에는 아무도 없었다. 아까까지 있던 할머니도 보이지 않았다. 오직 안개만 가득했다.

나는 할머니가 가리켰던 건물로 다가갔다. 건물 앞에 놓인 까만 현무암에 '기당 도서관'이라는 하얀색 글자가 적혀 있었다. 나는 도서관 안으로 들어갔다. 그리고 그 안에 들어서자마자 이 도서관이 다른 도서관과는 다르다는 걸 눈치챘다.

도서관은 천장이 아주 높았다. 그 높은 천장 가운데에는 작은 창이 뚫려 있었는데, 그곳을 통해서 햇빛이 가늘게 쏟아지고 있었다. 그 빛을 제외하고는 어떤 조명도 보이지 않았다. 그래서 도서관은 전체적으로 어두컴컴했다. 홀 중앙에는 엄청나게 큰 테이블이 놓여 있었다. 고급 원목으로 만든 듯한 암갈색 테이블이었는데, 그 위는 텅 비어 있었다. 사람들이 반납한 책, 신간 도서, 바코드 기계, 컴퓨터 등등 도서관에 있을 법한 물건이 하나도 없었다는 말이다. 낡은 스마트폰 한 개만 덜렁 놓여 있을 뿐이었다.

그리고 그 텅 빈 테이블 뒤에 사서로 추정되는 남자 한 명이 앉아 있었다. 테이블이 아주 컸기 때문에 남자의 체구는 상대적으로 작아 보였다. 사서는 내가 들어온 것을 알아채지 못한 채 의자에 앉아 꾸벅꾸벅 졸고 있었다.

나는 가만히 서서 남자를 관찰했다. 20대 후반 정도로 보이는 남자는 사서답지 않게 농구 유니폼을 입고 있었다. 민소매 유니폼이라 팔이 고스란히 드러나 있었다. 남자의 울룩불룩한 팔 근육에는 문신이 새겨져 있었다. 두 마리의 아기 사자였다. 피식 웃음이 나왔다. 호랑이도 아니고 뱀도 아니고 아기 사자를 새겨넣다니. 〈라이온 킹〉 팬인가?

"응. 맞아."

졸고 있던 남자가 슬며시 눈을 뜨며 말했다. 나는 깜짝 놀라서 외쳤다.

"네?"

"〈라이온 킹〉 팬이라고. 〈라이온 킹〉 뮤지컬로 본 적 있니? 5년 전에 브로드웨이 오리지널 팀이 한국에 와서 공연했는데."

나는 고개를 저으며 침을 꿀꺽 삼켰다. '내 생각을 어떻게 읽은 거지?'

"난 독심술이 있거든."

남자는 진지한 표정으로 내 눈을 뚫어지게 쳐다봤다. 나는 남자의 눈빛이 불편했다. 내 지저분하고 비열한 생각들을 간파당할 것 같았다. 이 세상에는 분명 '누군가가 날 꿰뚫어 봤을 때 느껴지는 쾌감'이 존재하지만 지금, 이 순간, 이 남자에게서는 아니었다. 나는 안개 속으로 되돌아가고 싶었다. 안개 속에 있으면 마음이 편했다.

내가 슬금슬금 뒷걸음질 치려는 순간 남자가 눈웃음을 지으며 말했다.

"농담이야. 내 문신 보면 다들 물어보더라고. '아기 사자 그림이네요? 〈라이온 킹〉 좋아하시나 봐요?'"

남자는 의자에서 일어나 하품을 하며 기지개를 켰다.

"〈라이온 킹〉 본 적 없어. 나는 그냥 아기 사자를 좋아해."

나는 입술을 잘근잘근 깨물다가 이렇게 물었다.

"왜요?"

남자는 별거 아니라는 듯 어깨를 으쓱했다.

"귀엽잖아."

그 대답에 긴장감이 조금 풀어졌다. 귀여운 건 언제나 옳으니까, 이 사람은 그걸 알고 있으니까, 그릇되고 뒤틀린 사람은 아닐 것 같았다.

"걔 찾으러 왔지? 러시아 남자애. 세르게이."

내 몸이 다시 뻣뻣해졌다. 이 남자는, 말로는 아니라고는 했지만 독심술이 있는 게 분명했다.

"어… 그게…."

순간 나는 거짓말을 하기로 마음먹었다. 왜인지는 모르겠지만 이 사람에게 사실을 말하면 안 될 것 같았다.

"아니요. 책 빌리러 왔는데요."

사서는 실망한 표정으로 이렇게 말했다.

"어, 그래? 네가 바로 그 아이라고 직감했는데… 아니구나. 쳇, 내 감도 많이 떨어졌네."

사서는 다시 의자에 풀썩 주저앉더니 하품을 했다. '그 아이?' 나는 '아무것도 몰라요'라는 순진한 표정을 지으며 슬쩍 물었다.

"러시아 남자애가 누구예요?"

"세르게이라고, 우리 도서관 VIP야. 지난달에는 다독상도 받았어. 상품은 문화상품권 5만 원. 우리 도서관에 매일 책 빌리러 왔거든, 한 3개월 동안?"

"이제는 안 와요?"

"응. 떠났어."

"어디로 갔는데요?"

그때 사서가 의심스럽게 날 바라봤다.

"궁금한 게 많네? 아는 애야?"

나는 사서의 시선을 피하며 이렇게 둘러댔다.

"아니, 뭐, 다독상까지 받은 사람이 안 온다니까 그냥 궁금해서요. 이름 들으니까 외국인 같은데, 외국인도 여기서 책 빌릴 수 있어요?"

"응. 여기는 도둑을 위한 도서관이거든."

나는 순간 내 귀를 의심했다.

"네?"

사서는 눈을 비비며 나른한 목소리로 이렇게 대답했다.

"도둑을 위한 도서관이라고."

남자는 같은 말을 반복할 뿐이었다. 나는 쭈뼛거리며 물었다.

"설마… '도둑'만 여기서 책 빌릴 수 있어요?"

"응."

남자는 대수롭지 않은 듯 대답했다.

도둑을 위한 도서관

나는 머릿속으로 빠르게 생각을 정리했다. 이곳이 도둑을 위한 도서관이라면 세르게이도 '도둑'이라서 이곳에서 책을 빌릴 수 있었던 걸까?

"그럼 다독상 받았다는 러시아 사람도 도둑이었어요?"

사서가 천천히 고개를 끄덕였다.

"어마어마한 도둑이었지. 그래서 걔는 도서관 관장 허락을 맡아야 볼 수 있는 귀한 책들도 잔뜩 봤어. 좀 스페셜했거든, 세르게이가."

나는 양 손바닥으로 얼굴을 감쌌다. 관자놀이와 눈두덩, 눈썹 위 등 어설프게 익힌 지압점을 손끝으로 더듬더듬 눌렀다. 지압이 효과가 있었는지 눈앞이 조금 또렷해진 기분이었다. 정신을 집중해야 했다. 그래야 이 황당한 이야기의 흐름을 따라갈 수 있으니까. 세르게이가 도둑이라고? 그리고 세상에나, 세르게이가 '다독상'을 받았다고?

"여기에 만화책도 있죠?"

책과는 거리가 먼 인생을 살았던 세르게이가 도서관에서 책을 읽었다는 사실이 도저히 믿어지질 않았다. 그래서 나는 이 도서관에 만화책이 있을 거라고 추정하고 물었다.

"아니. 만화책은 없어. 나도 《슬램덩크 완전판》 읽고 싶어서 구매 예정 도서 목록에 슬쩍 끼워넣어서 제출해봤는데, 관장님이 예산 부족하다고 거절했어."

만화책이 없다고? 그럼 그 자식은 대체 뭘 읽고 다닌 거지? 나는 세르게이가 어떤 책을 읽었는지 궁금했다.

"세르게이라는 사람… 여기서 무슨 책 읽었어요?"

눈웃음을 지으며 내내 친절하게 말하던 사서는 갑자기 굳은 표정을 짓더니 이렇게 말했다.

"그건 개인 정보라 말해줄 수 없어. 너, 정말로 '그 아이'가 아닌 거 맞아?"

나는 아무 말 하지 않고 사서를 바라봤다.

"세르게이가 떠나기 전에 어떤 여자애가 자기를 찾으러 올 거라고 말했거든. 그러면서 그 여자애가 오면 '그 책'을 빌려주라고 했어."

나는 침을 꿀꺽 삼켰다. 진실을 말해야 할 차례였다.

"그 여자애 맞아요. 저, 세르게이 친구예요."

사서는 내 말을 듣더니 환한 웃음을 지으며 자리에서 일어났다.

"역시! 그럴 줄 알았어! 내 감은 죽지 않았어!"

사서는 웃음을 터트리며 허공을 향해 주먹을 휘둘렀다. 남자의 팔에 새겨진 아기 사자가 요동쳤다.

"세르게이가 저한테 빌려주라고 말한 그 책, 지금 주세요."

내 말을 들은 사서의 얼굴이 순식간에 굳었다. 이 남자는 표정 변화가 다채로워서 구경할 맛이 났다.

"내 말 벌써 잊었니? 여긴 도둑을 위한 도서관이야. 너, '도둑'이야?"

도둑을 위한 도서관

나는 사서의 질문이 어처구니없게 느껴졌다. 도둑한테 도둑이냐고 물으면 순순히 도둑이라고 하나?

"아닌데요. 저는 도둑질할 필요 없어요. 돈이 많거든요. 그냥 사면 돼요. 그 책 주세요, 얼마예요?"

나는 여유로운 표정으로 사서를 바라봤다. 사서는 그런 나를 안타까운 눈길로 바라보다가 고개를 가로저으며 종이 한 장을 내밀었다.

〔기당도서관〕 도둑을 위한 도서관
대출 규정

1. 대여자는 '도둑'이어야 한다. (도둑에 대한 정의는 '생판 모르는 제3자의 물건'을 1회 이상 훔친 사람'으로 정한다)

2. 대여자는 본인 이외의 '다른 도둑'에게 추천을 받아야 한다. (추천서는 사서에게 서면으로 제출 가능)

3. 도서 대여 시, 두서 분실 손해를 담보하기 위해 '대여자 본인이 직접 훔친 물건 하나'를 보증 명목으로 사서에게 맡겨야 한다. (사서에게 직접 문의 바람)

나는 아기 사자 문신을 멍하니 바라봤다. 근육이 미세하게 움직일 때마다 아기 사자의 귀가 움찔거렸다. 그렇게 몇 분이 흘렀다. 여전히 멍하니 서 있는 나를 향해 사서가 물었다.

"무슨 생각해?"

나는 솔직하게 대답했다.

"집에 가고 싶다는 생각이요."

나는 애당초 세르게이를 찾으러 온 게 잘못이라는 생각을 하고 있었다.

그냥 걔는 개 인생 살고 나는 내 인생 사는 게 맞지 않나. 굳이 세르게이를 찾아야 하는 이유가 있을까. 오각박사한테 잡혀 있든, 육각박사한테 잡혀 있든 지 인생은 지가 알아서 해야 하는 것 아닐까. 내가 왜 이런 황당한 규정을 읽고 있어야 하는 걸까. 이 도서관은 공립일까, 사립일까. 설마 국민들의 피 같은 세금으로 이딴 걸 도서관이라고 운영하는 건 아니겠지… 이런 생각들을 하고 있는데 아까 안개 속에서 들렸던 장국영 아저씨의 목소리가 떠올랐다.

'어떤 인연은 만나지 않는 게 더 좋단다.'

장국영 아저씨의 영혼이 경고해준 걸까? 세르게이와의 인연이 악연이라는 뜻일까? 아니면, 내가 이해하지 못한 다른 뜻이 있는 걸까? 하지만 장국영 아저씨는 진도에서 나에게 이렇게 말했었다. '세르게이, 찾으러 가. 너 기다리고 있어. 네가 보고 싶은가 봐.' 세르게이를 찾으라는 걸까, 찾지 말라는 걸까?

혼란스러웠다. 나는 잠시 그 자리에 서서 생각을 정리했다. 그리고 규정이 적힌 종이를 테이블에 올려놓고 사서에게 꾸벅 인사를 했다.

"감사합니다. 도움 많이 됐어요."

사서는 양손을 흔들며 인사했다.

"빠이, 빠이. 잘 가. 나도 고마워. 덕분에 지루함을 덜었어. 보름 동안 이 도서관에 온 사람은 너뿐이야. 너도 알다시피, 요즘 사람들은 책을 안 읽거든. 스마트폰 때문에. 뭐, 나도 여기 앉아서 유튜브만 보고 있긴 하지만."

나는 도서관 밖으로 나왔다. 그리고 걸으면서 이렇게 중얼거렸다.

"죄송하게 됐네요, 사서 양반. 당분간은 거기 앉아서 유튜브 대신 책을 읽으셔야겠어요, 적어도 오늘은요."

나는 주머니에서 검은색 스마트폰을 꺼냈다. 아까 대출 규정이 적힌 종이를 테이블 위에 내려놓을 때 훔친, 사서의 핸드폰이었다. 나는 비상용으로 갖고 다니던 옷핀으로 유심을 꺼냈다. 유심은 길에 버리고 공기계는 크로스백 안에 집어넣었다.

1. 대여자는 '도둑'이어야 한다. (도둑에 대한 정의는 '생판 모르는 제3자의 물건'을 1회 이상 훔친 사람'으로 정한다)

도둑을 위한 도서관

그렇게, 나는 대출 규정을 읽자마자 1번을 빠른 속도로 완수했다. 스스로가 기특해서 쓰다듬어주고 싶었다. 잘했다, 잘했어. 우쭈쭈. 나는 곧 머릿속에 2번 규정을 떠올렸다.

2. 대여자는 본인 이외의 '다른 도둑'에게 추천을 받아야 한다.

내가 알고 있는 '다른 도둑'은 한 명뿐이었다.

명성황후.

나는 내 돈 465만 원과 핸드폰을 훔쳐 간 도둑놈 새끼를 찾기 위해 걸음을 재촉했다. 짙은 안개 속으로 걸어 들어가면서, 내가 꽤 멋있다고 생각했다.

누가
기침 소리를

내었는가

나는 제주항에서 배를 탔다. 두 시간쯤 지나 우수영이라는 항구에 닿았다. 진도에 도착한 것이다.

그런데 그곳은 정확히 말하자면 진도가 아니라 진도로 들어가는 초입, 해남에 있었다. 진도는 여기서 버스를 타고 더 들어가야 했다. 움막 같은 집에서 명성황후를 다시 만날 수 있을지 확신할 순 없었지만 그래도 시도는 해봐야 했다.

나는 터미널에서 버스를 기다렸다. 시간표를 확인해보니 진도로 가는 버스는 한 시간 후에 출발할 예정이었다. 의자를 찾아 앉자 여기까지 오는 동안 시달린 뱃멀미가 슬슬 가라앉기 시작하더니 이번에는 졸음이 덮쳐왔다. 나는 압도적인 졸음 앞에 항복할 수밖에 없었다.

그렇게, 의자에 앉은 채로 잠이 들었다. 꾸벅꾸벅 조는 수준이 아니었다. 나는 말 그대로 '잠'을 잤다.

눈을 떠보니 해가 지고 있었다. 나는 멍하니 노을을 바라보며 '나는 누구이고, 여긴 어디인가'를 잠시 생각했다. '나는 성미람이고, 이곳은 해남터미널'이라는 걸 깨달은 그때, 어디선가 핸드폰 게임 소리가 들렸다. 옆줄 의자에 앉아 있는 사람이 고개를 푹 숙이고 게임을 하고 있었다. 게임 배경음이 낯익었다. '바람의 신전' 배경음이었다.

나는 그 음악을 들으며 생각했다.

'어라? 나도 저 게임 했었는데. 새 핸드폰에 다시 깔아야겠다.'

나는 게임을 하고 있는 사람을 힐끗힐끗 훔쳐봤다. 얼굴은 잘 보이지 않았지만, 체구가 작은 단발머리 여자애였다. 여자애는 개량한복처럼 생긴 시시한 회색 옷을 입고 있었다. 삼선 슬리퍼를 신고 있는 여자애의 발은 흙인지 뭔지 알 수 없는 까만 때가 잔뜩 묻어서 꼬질꼬질했다. 나는 그 더러운 발을 보고 얼굴을 찌푸렸다.

자리에서 일어나 버스 시간표를 다시 확인했다. 자느라 버스를 놓친 탓에 두 시간이나 더 기다려야 했다. 나는 작게 욕을 중얼거렸다. 그 소리를 들었는지 게임을 하던 여자애가 고개를 들고 나를 쳐다봤다. 나도 여자애를 봤다. 그리고 여자애와 나는 동시에 소리쳤다.

"명성황후!"

누가 기침 소리를 내었는가

"헉!"

명성황후는 벌떡 일어나 도망쳤다. 아니, 도망치려고 했다. 하지만 게임을 하느라 한 자세로 오래 앉아 있었던 건지 달리다가 풀썩 쓰러졌다. 다리에 쥐가 난 것 같았다. 나는 씨익 웃으며 명성황후에게 다가갔다. 쓰러져 있는 명성황후를 발로 툭툭 치며 물었다.

"렙업 좀 했냐? 내 폰으로?"

"무슨 소릴 하는 거야? 이건 내 핸드폰이야!"

명성황후는 예의 건방진 말투로 어설픈 연기를 시도했다. 나는 명성황후 근처에 떨어져 있던 핸드폰을 주워 들었다.

"바람의 신전, 렙업했냐고. 아까 보니까 열심히 하던데. 네가 훔쳐 가기 전까지 내 레벨 49였는데… 어디 보자. 오, 67! 대박!"

나는 실실 웃으며 발로 명성황후의 엉덩이를 발로 지그시 눌렀다.

"야. 근데 안 본 사이에 너 왜 이렇게 머리가 길었어? 꼭 여자애 같네."

명성황후가 부스스 일어나 옷에 묻은 먼지를 털었다. 그리고 나를 째려보며 이렇게 말했다.

"장난하냐? 여자애가 그럼 여자애 같지, 남자애 같냐?"

나는 그 말을 듣고 미간을 찌푸렸다. 명성황후는 어이없다는 표정을 지으며 이렇게 말했다.

"여자니까 '명성황후'라고 했지. 바보냐? 내가 남자였으면 '궁예'라고 했겠지, 이 멍청아. 생각이라는 걸 좀 하고 살아라."

나는 명성황후의 얼굴을 빤히 쳐다봤다. 그러는 동안 내 귓가에는 궁예의 목소리가 맴돌고 있었다. '누구인가? 누가 기침 소리를 내었어?'

"할아버지가 〈명성황후〉 팬이었어. 최명길 아줌마 나오는 거. 아마 50번도 넘게 봤을걸. 나는 〈태조 왕건〉 보고 싶었는데… 쳇. 그러다가 할아버지가 치매가 온 다음부터는 나를 명성황후라고 불렀어. 처음엔 짜증났는데 나중에는 익숙해지더라. 우리 할아버지는 어느 날부터인가는 내가 '나는 조선의 국모다! 얼른 밥을 떠먹거라!'라고 말해야 할아버지가 밥을 먹었어. '예, 마마. 차린 건 없지만 황후마마도 많이 드십시오.' 이러면서. 웃기지?"

나는 아이의 씁쓸한 웃음을 가만히 지켜봤다. 그러다가 그 할아버지는 무척 행복했을지도 모른다는 생각이 들었다. 자기가 그렇게 좋아하는 명성황후와 매일 함께 밥을 먹을 수 있었으니 말이다. 어쩌면 치매는 모든 것을 망각할 수 있는, 동시에 모든 것을 꿈꿀 수 있는 행운일지도 모른다. 적어도 이 아이의 할아버지에게는 말이다.

그런데 나는 왜 얘가 남자애라고 생각했던 걸까? 명성황후의 얼굴을 요리조리 뜯어보니 이목구비가 요목조목 귀여운 게 몹시도 여자애 같았다. 남자애라고 생각했던 내 자신이 바보처럼 느껴졌다.

"너 예전엔 남자애 같았어."

명성황후는 코웃음을 쳤다.

"성장기 청소년들은 짧은 시기에 급격한 발육을 경험하게 됩니다."

명성황후가 로봇처럼 말했다. 나는 아무 말 없이 아이를 바라봤다. 명성황후가 말을 이어갔다.

"보여줄까?"

명성황후는 의미심장한 미소를 실실 흘리며 입고 있던 개량한복 윗도리를 순식간에 훅 들어 올렸다. 명성황후의 가슴이 봉긋 솟아 있었다. 나는 그 작고 어설픈 가슴을 바라보며 '저 정도로 커졌으면 슬슬 브래지어를 사서 입어야 할 텐데' 하는 생각을 했다.

그때, 명성황후가 멍하니 서 있던 내게서 핸드폰을 낚아채 갔다.

"바람의 신전, 레벨 99까지 만들고 돌려줄게."

방금 전까지의 건방진 태도는 어디 가고 머뭇머뭇 말을 꺼내는 명성황후가 갑자기 불쌍하게 느껴졌다. 그래서 나는 너그러워지기로 결심했다.

"됐어. 너 가져. 난 새 폰 샀거든."

나는 크로스백에서 최신형 핸드폰을 꺼내 명성황후에게 보여줬다. 아이의 눈이 반짝였다.

"와, 반으로 접히네? 카메라 렌즈도 네 개나 있네!"

나는 잽싸게 새 핸드폰을 가방에 집어넣었다.

"또 훔쳐 가려고? 웃기지도 않네. 됐고, 너는 내가 쓰던 똥 폰이나 써라."

명성황후는 의기소침해진 얼굴로 똥폰을 만지작거렸다. 나는 그 모습을 지켜보다가 물었다.

"도둑놈아. 내 돈으로 핸드폰도 안 사고 뭐했냐? 465만 원."

명성황후는 아무 말도 하지 않고 애꿎은 개량한복만 만지작거렸다.

"옷은 그게 또 뭐야? 내 돈 훔쳐 가서 그딴 걸 옷이라고 사 입은 거야?"

명성황후는 순간 발끈했다가 참는 눈치였다. 나는 서랍 걸 옷이라고 사 입은 이유가 뭔지 정말로 궁금했기 때문에 가만히 대답을 기다렸다. 명성황후가 쭈뼛쭈뼛 입을 열었다.

"그 아저씨는 어디 가고 혼자 있어?"

아저씨가 어디 갔냐고? 나는 그 질문이 우스웠다. 그리고 화가 났다. 나는 장국영 아저씨가 죽었다는 걸 아이에게 알려 주고 싶었다. '네가 돈을 훔쳐 가지 않았다면 우린 다른 날에 진도를 떠났을 수도 있다. 그럼 아저씨는 뺑소니 차에 치여

죽지 않았을 수도 있다. 너는 아저씨의 죽음에 책임이 있다'
고 말해주고 싶었다. 나는 이 건방진 여자애가 죄책감에 시달
리며 남은 인생을 고통 속에서 보내길 원하는지도 몰랐다.

"아저씨, 집에 있어. 그냥 나 혼자 왔어."
하지만 나는 거짓말을 했다. 명성황후는 내 대답을 듣고
고개를 끄덕였다.
"잘했어. 그 아저씨, 지켜보니까 손이 많이 가는 타입이더
라. 데리고 다니면 피곤한 타입이야."
나도 고개를 끄덕였다. 명성황후와 나는 누가 말을 꺼내지
도 않는데 자연스럽게 터미널을 빠져나와 함께 길을 걸었
다. 이미 해는 지고, 길가의 풀숲에선 귀뚜라미가 울고 있었
다. 우리는 한동안 말없이 걷기만 했다.
"핸드폰 사줄까?"
내가 물었다. 그러자 명성황후는 의심스러운 목소리로 이
렇게 말했다.
"뭐 해주면 되는데?"
나는 놀라서 말했다.
"내가 뭐 해달라고 할지 어떻게 알았어?"
명성황후가 입가를 비틀며 피식 웃었다.
"장난하나. 세상에 공짜가 어디 있어."
나는 그 말을 듣고 명성황후의 볼을 세게 쥐었다. 명성황

후가 내 손아귀에서 발버둥을 쳤다.

"뭐야, 왜 이래? 미쳤어? 안 놔?"

나는 손에 더욱 힘을 주며 아이의 볼을 비틀었다.

"공짜는 없다는 놈이 남의 돈을 훔쳐? 너 그 돈으로 뭐 했어? 빨리 말해! 내 돈 465만 원으로 뭐 했냐고!"

"화장했다!"

명성황후가 악을 쓰며 말했다. 나는 어처구니가 없었다.

"화장? 화장품 사는 데 465만 원을 썼다고? 이 넋 빠진 새끼가!"

나는 다른 한 손으로 명성황후의 다른 쪽 볼까지 마저 붙들었다. 명성황후의 얼굴은 내가 양쪽에서 잡아당긴 탓에 호떡처럼 늘어나 있었다.

"멍청아, 그 화장 말고! 메이크업이 아니라 시체를 불에 태웠다고!"

명성황후의 볼을 붙잡고 있던 내 손에서 힘이 스르륵 빠졌다.

"무슨 시체? 아… 아! 너네 집 안방에 있던 그… 둘둘 말려 있던 그거? 너네 할아버지?"

"무슨 소리야? 시체라니? 우리 할아버지, 방에 누워서 자고 계신 거였는데?"

나는 눈을 동그랗게 뜨고 물었다.

"자고 있었다고?"

누가 기침 소리를 내었는가

"이불에 둘둘 말려 있어서 착각했나 보네."

나는 또다시 놀라서 물었다.

"그 거적때기가 이불이라고?"

명성황후는 못마땅한 눈으로 나를 쳐다봤다.

"무시하냐? 그거, 우리 할아버지가 제일 좋아하는 이불이야. 애착 이불. 우리 할아버지 그 이불 아니면 안 덮어. 추위를 많이 타서 여름에도 그렇게 둘둘 감고 자거든. 어쨌든, 우리 할아버지는 요양병원에 보냈어. 화장하고 돈이 남았거든. 고마워, 덕분에 한시름 놨다."

명성황후는 건방지게 내 어깨를 툭툭 두들기며 고마움을 표시했다. 나는 고개를 갸웃거리며 물었다.

"그럼, 누구 시체를 화장했다는 거야?"

"안판식. 세르게이 오빠가 그 사람 화장해달라고 했거든."

나는 입을 쩍 벌리고 명성황후를 쳐다봤다. 애 입에서 '안판식'이라는 이름이 나온 것도 놀라웠지만, '세르게이'라는 이름까지 나오자 나는 놀라서 기절할 판이었다. 세르게이는 결국 세르게이의 네 번째 인생, 안판식의 시체를 찾았구나. 명성황후는 경악에 찬 내 얼굴을 보지 못한 채로 앞서 걸으며 길가의 돌멩이를 걷어찼다.

"오빠는 제주도 간다고 했는데 잘 갔는지 모르겠다. 나도 데려가면 안 되냐고 물어봤는데 안 된대. 아, 세르게이 오빠가 누구냐면…"

"러시아 남자애."

내 말을 듣고 명성황후가 휙 돌아섰다.

"어떻게 알았어?"

나는 한숨을 푹 쉬며 대답했다.

"그럼 '세르게이'라는 이름을 가진 사람이 중국 사람이겠냐, 일본 사람이겠냐?"

명성황후는 일리 있다는 듯 고개를 끄덕였다. 나는 말을 이어갔다.

"세르게이, 내 친구야. 걔 찾으려고 장국영 아저씨랑 진도 온 거야. 그리고 나는 방금 제주도에서 오는 길이야."

명성황후의 눈이 동그랗게 커졌다.

"진짜? 제주도에서 세르게이 오빠 만났어? 오빠 잘 있어?"

나는 세르게이를 오빠라고 부르는 명성황후에게 묘한 질투심을 느꼈다. 이유는 몰랐다. 그냥 이 여자애가 말끝마다 오빠, 오빠 거리는 게 거슬렸다. 그래서 한 방 먹여야겠다고 생각했다.

"세르게이, 내 남자친구야."

나는 명성황후의 얼굴이 일그러지길 기대하며 거짓말을 내뱉었다. 세르게이는 내 남친이 아니라 짝사랑 상대일 뿐이지만 얘가 그 사실을 눈치챌 리 없었다.

"뻥치시네."

명성황후가 코웃음을 쳤다. 나는 거짓말이 바로 들통나서

누가 기침 소리를 내었는가

깜짝 놀랐다.

"오빠 여친 없댔어. 내가 물어봤거든."

곧 명성황후는 세르게이에 대한 이야기를 시작했다. 진도의 어떤 산에서 세르게이를 마주친 이야기, 세르게이가 너무 잘생겨서 한눈에 반했다는 이야기, 세르게이의 'N회차 인생'에 대한 이야기, 세르게이를 따라다니며 안판식의 시체를 같이 찾아다닌 이야기, 결국 시체를 찾아낸 후 안판식의 부모를 찾아간 이야기 등등….

나는 흥미로운 이야기는 모두 귓등으로 흘려 넘기고 '세르게이가 너무 잘생겨서 한눈에 반했다'는 부분에만 온 신경을 쏟았다.

"걔가 잘생겼냐? 진짜 못생겼는데."

나는 일부러 세르게이를 깎아내렸다. 세르게이를 좋아하는 명성황후의 마음에 어떻게든 훼방을 놓고 싶었다.

"그 오빠가 못생겼다고? 안목이 형편없네."

명성황후는 내 말을 가볍게 비웃었다. 정말이지 이상한 일이었다. 나는 지금 가슴도 형편없이 작은, 도둑질이나 하는, 발에 때가 꼬질꼬질한 어린애한테 밀리고 있었다. 나는 떠듬떠듬 말을 꺼냈다. 지기 싫었기 때문에 무슨 말이라도 내뱉어야 했다.

"아니, 뭐, 사람한테는 취향이라는 게 있으니까. 이 세상의 모든 건 상대적인 거야. 너, 아인슈타인 '상대성 이론' 알아?

모르지? 그게 무슨 이론이냐면, 어, 음, 이 세상에 절대적인 건 없다는 뜻이야. 농구 선수 서장훈 알지? 그 사람이 우리한테는 키가 아주 큰 사람이지만 북유럽에 가면 조금 큰 사람이거든. 북유럽 남자들 평균 키가 190센티미터인 거 알아? (내가 잘못 알았다. 나중에 찾아보니 북유럽 남자 평균 키는 180센티미터였다. 서장훈은 아주 큰 사람이 맞았다) 이런 식으로 말이지, 누구 눈에는 미남으로 보이는 사람이 다른 누구한테는 추남일 수 있다는 거지. 그래서 음, 내가 걔를 못생겼다고 해서 내 안목 어쩌고 하면서 지적하면 안 돼. 알아들었니, 꼬맹아? 너, '드레이크 방정식'이라는 거 알아? 외계인이 살고 있을 확률을 계산하…"

"오빠가 너 좋아한대."

그때 나는, 정말 진부한 표현이긴 하지만 누군가가 내 머리통을 후려갈긴 것 같은 기분이었다.

"오빠가 너 좋아해. 보니까 너도 오빠 좋아하는 것 같은데? 그러니까 구구절절 설명할 필요 없어. 아까 했던 얘기나 계속해봐. 나한테 뭐 부탁할 건데? 핸드폰 진짜 사줄 거야?"

나는 붕어처럼 입을 뻥긋거렸다. 이상하게 아무 말도 할 수 없었다. 그런 나를 한심한 눈길로 바라보며 명성황후가 한숨을 푹 쉬었다.

"세르게이 오빠가… 친구를 짝사랑한댔거든. 피부가 까무잡잡하고, 볼에 상처가 있고, 거짓말을 자주 하고, 성격이 오락가락하고, 표정이 다양해서 쉭쉭 바뀌는 여자인데 그런 모습이 좋대. 그런데 내가 너를 쭉 지켜보니까 거짓말 잘하고, 애가 좀 오락가락하고, 표정이 만 개 정도 있네. 네가 '그 여자' 맞지? 오빠가 좋아하는 여자."

세르게이가 나를 좋아하고 있었다는 말을 들으니 너무 좋아서 웃음을 터트리고 싶었지만 갑자기 화가 났다.

"야, 너 근데 세르게이는 오빠라고 하면서 나한테는 꼬박꼬박 '너'라고 하냐? 걔랑 나랑 동갑이야. 나한테는 왜 언니라고 안 해? 너 몇 살이야? 중3이냐, 중2냐? 나는 고3이거든?"

"고3이 공부 안 하고 여기서 뭐 해? 수능 한 달도 안 남지 않았어?"

얘는 나한테 한마디도 질 생각이 없는 게 분명했다. 나는 명성황후를 노려보며 서 있었다. 명성황후도 그런 내 눈빛을 고스란히 받아치며 서 있었다.

"같이 제주도 가자. 아이폰 15 사줄게."

내가 말했다. 명성황후는 아무 반응 없이 나를 쳐다보기만 했다. 나는 다시금 너그러워지기로 결심했다.

"아이폰 15에, 현금 50만 원. 어때?"

내가 물었다. 명성황후가 그제야 굳은 얼굴을 풀며 이렇게 말했다.

"콜."

명성황후는 나를 등지고 앞서 걸으며 무슨 색 아이폰을 사줄 건지, 용량은 몇 기가짜리를 사줄 건지, 핸드폰 케이스는 사줄 건지 등등 이것저것 물어봤다.

　나는 들떠서 재잘거리는 명성황후의 뒷모습을 보며 이 아이가 건방지긴 하지만 조금 귀엽다고 생각했다. 어쩌면 세르게이가 나를 좋아한다는 말을 들은 뒤라 내 마음이 한결 관대해진 건지도 몰랐다.

　명성황후는 나에게 왜 제주도를 가야 하느냐고 물었다. 그래서 세르게이를 찾기 위해서는 어떤 이상한 도서관에서 책을 빌려 읽어야 하는데, 그러기 위해선 네가 필요하다고 설명했다. 명성황후는 왜 자신이 필요한지는 궁금해하지 않고 그저 고개를 끄덕이며 이렇게 말했다.

　"나는 책 안 좋아하니까 언니가 읽어."

[용서할 순
있어요,

　　　　　잊지는
　　　　　못해요]

제목 : 용서할 순 있어요, 잊지는 못해요

저자 : 세르게이 그로모프

청구기호 : 813.6-세292용

등록번호 : DEM000028809

자료실 : [기당]종합자료2관

　나는 '크라스노야르스크'라는 러시아의 작은 도시에서 러
시아 사람으로 태어났다. 아니, 태어났다고 한다. 그렇게 전
해 들었다. 나에게는 그 긴 이름의 도시에 대한 기억이 전혀
없다. 왜냐하면 두 살이 되었을 때 엄마 품에 안겨 한국으로
왔기 때문이다.

　엄마의 이름은 '스베트라나'였는데 그게 무슨 뜻인지는

잊어버렸다. '빛' 아니면 '희망', 혹은 '낙원', '행복' 뭐 이런 좋은 뜻이었던 것 같긴 한데 도통 기억이 안 난다. 하여간에 나는 스물한 살 먹은 스베트라나 그로모프의 품에 안겨 이 나라에 오게 되었다. 내 러시아 아빠의 이름은 모르겠다. 스베트라나가 말해주지 않았기 때문이다. 불곰에 물려 죽은 건지 감옥에 간 건지 보드카를 퍼마시다가 심장마비가 온 건지는 모르겠지만 아무튼 나에게 친아빠의 존재는 물음표로 남았다. 다만 이따금 스베트라나가 이유 없이 내 얼굴을 경멸하듯 바라볼 때면 '나는 아빠를 많이 닮았구나' 하고 어렴풋이 짐작했을 뿐이다.

스베트라나의 집안은 아주 가난했다. 그래서 그녀는 돈 많은 한국 남자와 결혼을 했다. 스베트라나는 이 일로 인해 부모님과 인연을 끊었다고 한다. 아시아 남자와 결혼한다는 것 때문이었다. 그렇게 스베트라나는 잘나지도 않은 집구석의 '수치'가 된 채로 낯선 한국 땅에 오게 되었다.

스베트라나는 처음 한국에 왔을 땐 좋았다고 한다. 러시아와는 달리 날씨가 따뜻했기 때문이다. 하지만 얼마 지나지 않아 숨을 헐떡이기 시작했다. 여름이 온 것이다. 추운 러시아에서 살았던 그녀는 한국의 더위에 적응하지 못하고 고통스러워했다. 스베트라나의 한국인 남편은 그런 그녀를 보며 어쩔 줄 몰라하며 마음 아파했다고 한다.

그래서 남자는 스베트라나를 위해 에어컨을 세 대나 샀다. 그 남자는 그녀를 아주 아꼈다. 그럴 법도 하다. 남자가 46년 동안 살면서 처음으로 만난 여자가 스베트라나였기 때문이다.

뜨거웠던 여름이 지났지만 에어컨은 계속 가동됐다. 가을이 되고, 겨울이 되어도 스베트라나는 여전히 숨을 헐떡였다. 한국인 남자는 그제야 눈치챘다고 한다. 그녀가 숨을 쉬지 못하는 게 더위 때문이 아니라 폐에 생긴 문제 때문이라는 것을.

스베트라나는 내가 여섯 살 때 죽었다. 그녀는 동작구의 작은 병원에서 죽었다. 나는 그때 한국인 남자의 손을 붙잡은 채 스베트라나를 바라보고 있었다. 죽은 그녀는 평소보다 얼굴이 하얗긴 했지만 딱히 다른 점은 없었다. 죽음의 향기, 뭐 그런 것은 전혀 느껴지지 않았다. 한국인 남자는 내 손을 꼭 잡고 엄마가 하늘나라로 떠났다고 말했다.

나는 이것저것 물었다. 하늘나라는 어디에 있는지, 나도 그곳에 갈 수 있는지, 엄마는 언제 눈을 뜨는지, 집에 가는 길에 아이스크림을 사줄 건지 등등.

병원 직원들은 50살이 넘은 한국 남자와 차갑게 굳어 있는 젊은 러시아 여자와 한국말을 내뱉는 금발머리 러시아 남자애를 구경하느라 분주했다. 나는 그들의 호기심 어린 시선을 여전히 기억한다. 그들에게 우리는 수다거리 그 이상도 이하도 아니었다.

집으로 돌아오는 길에 한국인 남자는 나에게 아이스크림을 사주었다. 남자는 "앞으로 너만 보고 살겠다, 내 인생에 앞으로 여자는 없다, 스베트라나 몫까지 너를 잘 키우겠다" 등등의 말을 중얼거렸는데 그건 내게 하는 말이 아니라 자기 자신에게 하는 말 같았다. 나는 얌전한 태도로 아이스크림을 핥았다. 그게 내가 할 수 있는 전부였기 때문이다.

남자의 결심은 빠른 속도로 공허해졌다. 남자는 스베트라나가 죽은 지 3개월 만에 다른 여자와 재혼을 했다. 검은 머리카락이 허리까지 오는 젊은 한국인 여자였다.

여자는 나를 다정한 태도로 대했다. 나는 그때 여섯 살이었고, 한창 말이 늘 시기였다. 여자는 나에게 동화책도 잔뜩 읽어주고 일기도 매일 쓰게 했다. 그렇게 한국인 여자와 살면서 스베트라나가 나에게 가르쳐준 한국말이 거의 엉터리였다는 걸 깨닫게 되었다. 나는 스베트라나가 한심하게 느껴졌고, 이 한국인 여자가 '진짜 내 엄마'라고 생각하게 되었다.

한국인 남자는 무슨 공장 같은 걸 여러 개 갖고 있었는데 점점 사업이 번창해 지방의 공업 단지에 들어가게 됐다. 그 공업 단지는 경상도에 있었다. 남자는 한국인 여자에게 그곳으로 이사를 가자고 했다. 하지만 여자는 거부했다. 여자는 자기가 서울 사람이며, 한평생 서울에 살았기 때문에 이곳을 떠날 수 없다고 했다. 한국인 남자와 한국인 여자는 이사 문제로 여러 날을 싸웠다.

곧 한국인 남자는 홀로 떠났고, 나는 서울에서 여자와 함께 살았다. 남자는 한 달에 한 번 정도 서울에 왔다. 그러다가 어느 날부터는 계절이 바뀔 때마다 왔다. 한국인 남자는 집에 올 때면 여자에게 돈을 줬는데 그때마다 둘은 싸웠다. 나는 한국인 여자가 화를 내는 이유를 알지 못했다. '돈을 주는데 왜 화를 내는 걸까? 그거면 햄버거도 사 먹을 수 있고 장난감도 살 수 있는데 왜 기뻐하지 않는 걸까?'

언제부터인가 한국인 여자와 나는 비밀을 나눠 갖게 되었다. 여자는 집에 노란 머리의 군복 입은 남자를 데리고 오기 시작했다. 남자는 미국인이고 한국에 살고 있는 군인이라고 했다. 나는 왜 미국 군인이 한국에 살고 있는 건지 궁금했다. 하지만 이유를 묻지는 않았다. 그저 나처럼 노란색 머리를 가진 남자를 보게 돼서 마냥 신기했다. 한국인 여자는 "아빠 한테는 모든 게 비밀"이라고 말했다. 나는 한국인 여자와 나만 알고 있는 비밀이 생겼다는 게 재밌었다. 이 세상의 모든 비밀은 재밌는 것일 게 분명했다.

나는 미국인 남자에게 몇 살인지 물었다. 하지만 남자는 아무 말 없이 빙긋빙긋 미소 지으며 나를 바라보기만 했다. 한국인 여자가 대신 대답했다. 남자는 스물한 살이고, 한국 말을 할 줄 모른다고 했다. 둘은 영어로 대화를 했다. 영어를 하지 못했던 나는 외로웠다. 한국인 여자가 이따금 한국말로 나에게 말을 건네긴 했지만 그 말들은 "배고파?" "졸려?" 등의 단순한 질문뿐이었다. 잠이 오지 않는데도 자꾸만 졸리냐고 묻는 여자가 이상했다. 여자는 꼭 내가 잠들기를 원하는 것 같았다.

나는 한국인 여자가 예전처럼 다정하게 책을 읽어줬으면 좋겠다고 생각했지만 여자는 미국인 남자와 히히덕거리느라 동화책 따위를 읽어줄 시간이 없었다. 나는 한국인 여자가 읽어주다가 만《인어공주》뒷부분이 궁금했다. 인어공주는 마녀에게 준 목소리를 되찾았을까? 목소리를 잃었는데 왕자에게 사랑한다고 말할 수 있을까?

나는 혼자서라도 책을 마저 읽을까 고민했지만 그러지 않았다. 한국인 여자가 동화책을 읽어줘야 '진짜 이야기'처럼 느껴졌기 때문이다. 그래서 나는 아직도 인어공주가 어떻게 됐는지 알지 못한다. 그렇게 인어공주는 나에게 물음표로 남았다. 나의 러시아 아빠처럼 말이다.

여덟 살이 되고 나는 학교에 입학했다. 한국인 여자는 내 입학 날짜를 잊어버리고 있다가 입학식 전날에야 급하게 동네 마트에 가서 책가방과 연필 따위를 사줬다. 책가방 색깔이 마음에 들진 않았지만(나는 파란색 가방이 갖고 싶었는데 한국인 여자가 사준 가방은 까만색이었다), 어쨌든 내 가방을 갖게 되어 기분이 좋았다. 그날 밤 여자는 나에게 혼자 입학식에 갈 수 있냐고 물었고, 나는 그렇다고 대답했다. 여자는 미국인 남자를 만나러 경기도에 가야 한다고 했다.

입학식 날 운동장에 아이들이 모여 섰다. 다른 아이들의 엄마들은 흐뭇한 표정을 지으며 운동장 뒤에 서 있었다. 나는 한국인 여자가 서울에 없다는 걸 알면서도 괜히 두리번거리며 아줌마들을 힐끗힐끗 쳐다봤다. '어쩌면 왔을지도 모른다. 나를 깜짝 놀라게 해주려고 경기도에 간다고 거짓말을 한 건지도 모른다'고 생각했다. 나는 한국인 여자와 미국인 남자가 어디선가 나를 향해 열심히 손을 흔들고 있는 모습을 입학식 내내 떠올렸다. 하지만 그런 일은 벌어지지 않았다.

입학식이 끝나고 혼자 오락실에 갔다. 한국인 여자가 준 2000원을 모두 동전으로 바꿔서 격투기 게임을 했다. 오늘따라 계속 이기는데도 기분이 좋지 않았다. 이상한 일이었다.

시간이 흘렀다. 늙은 한국인 남자는 더 이상 집에 오지 않았다. 한국인 여자도 집에 없는 날이 많아졌다. 어느 날 학교에 갔는데 선생님이 나를 조용히 불렀다. 한국인 여자와 연락이 안 된다고 했다. 나는 그저 땀을 뚝뚝 흘리며 선생님을 바라보고 있었다. 그런 나에게 선생님이 걱정스러운 말투로 물었다. "세르게이, 여름인데 왜 스웨터를 입고 있니? 엄마가 여름옷 안 꺼내주셨니?"

한국인 여자는 나에게 옷을 사줄 돈이 없다고 했다. 한국인 남자가 돈을 보내주지 않는다고 했다. 그래서 여자는 나에게 자기 옷을 입혀서 학교에 보냈다. 나는 레이스가 달려 있거나, 보석이 달려 있거나, 분홍색인 옷을 입고 학교에 갔다.

이 이야기에서 그나마 다행인 점을 억지로 찾아보자면, 내가 초등학교 1학년 때 이미 키가 164였다는 점이다. 디자인은 둘째 치고 옷의 '사이즈'만큼은 맞았다는 뜻이다. 그렇게 나는 학교의 유명인사가 되었다. '여자 옷 입고 다니는 노랑머리 외국 남자애.' 그게 나였다.

어느 날 한국인 여자가 나에게 말했다. 한국인 남자가 알코올 중독에 걸려 병원에 입원했다는 이야기였다. 남자는 스베트라나가 그리워서 술을 엄청 마셨다고 했다. 한국인 여자는 남자가 얼른 죽어서 그 러시아 여자 곁으로 가버렸으면 좋겠다고 자주 중얼거렸다.

그리고 어느 겨울, 드디어 여자의 소원이 이루어졌다. 한국인 남자가 죽은 것이다. 한국인 여자는 남자의 돈을 모두 갖게 되었다. 그날, 그러니까 한국인 남자가 죽은 날, 미국인 남자와 한국인 여자는 집에서 파티를 열었다. 여자는 나에게 새 옷을 사주고, 케이크를 사주고, 자동차 장난감을 열다섯 개나 사줬다. 그렇게 기쁜 날은 처음이었다. 그날 나는 너무 행복해서 팬티에 오줌을 살짝 지리기도 했다.

열한 살이 되던 해, 나는 한국인 여자와 미국인 남자와 함께 미국으로 갔다. 내가 왜 미국에 가야 하냐고 묻자 여자는 군인이었던 남자가 미국으로 돌아오라는 명령을 받았기 때문이라고 말했다. 그렇게 우리는 남자의 고향인 애틀랜타로 갔다.

애틀랜타에서 나는 슬펐다. 김치볶음밥이 먹고 싶었기 때문이다. 하지만 한국인 여자와 미국인 남자 둘 중 누구도 김치를 사 오지 않았고 김치를 그리워하지도 않았다. 나는 치즈로 범벅된 마카로니, 토스트, 베이컨 따위를 먹고 싶지 않았다. 김치와 김밥과 떡볶이가 먹고 싶었다. 나는 밤마다 침대에 누워 한국 음식을 떠올렸다.

내가 고춧가루와 고추장을 그리워하며 끙끙 앓던 그 시기에 그들은 번쩍거리는 차를 사고 (작은 차, 큰 차, 뚜껑이 열리는 차, 이렇게 총 세 대를 샀다) 매일 새 물건을 사들이고 멋진 옷을 사고 큰 TV를 샀다. 그리고 술을 마셨다. 매일 마셨다. 얼마 안 가서 둘은 싸우기 시작했다. 돈을 다 썼다고 했다.

한국인 여자는 일을 다니기 시작했다. 여자는 해가 질 때쯤 출근해서 해가 뜰 때 집에 돌아왔다. 나는 여자가 무슨 일을 하는지 알지 못했지만 힘든 일인 게 분명했다. 여자가 매일 술에 잔뜩 취해서 돌아왔기 때문이다. 일이 얼마나 힘들면 저렇게 술을 마실까? 나는 여자가 불쌍해서, 그리고 내가 불쌍해서 밤마다 울었다.

나는 얼른 한국으로 돌아가고 싶었다. 학교에 가면 아이들이 영어로 말을 걸었는데 내가 한마디도 대꾸하지 못하자 나를 바보 취급했기 때문이다. 나는 '너희들은 한국말 못 하잖아, 나는 할 수 있어!'라고 말하고 싶었지만, 심지어 그 말마저도 어떻게 해야 하는지 몰랐다. 그래서 나는 계속 바보로 남았다.

학교에는 러시아 애들이 두 명 있었는데 걔네는 나를 바보로 여길 뿐만 아니라 '배신자' 취급을 했다. 내가 러시아 사람인데 러시아어를 할 줄 모르기 때문에 그러는 것 같았다. 러시아 애들은 러시아어와 영어 둘 다 유창했는데 나를 학교에서 마주치면 손가락질을 하며 "두락! 두락!"이라고 외쳤다. 분명 좋은 뜻은 아니었을 거다. 적어도 '우리는 너를 사랑해, 넌 정말 대단해!' 뭐 이런 뜻은 아니었을 거라는 얘기다.

7학년이 되던 해(내 나이 열세 살)에 한국 아이가 전학을 왔다. 나는 너무 기뻤다. 그래서 그 아이를 향해 거의 돌진하듯 달려가 "야, 반갑다! 와, 한국말 너무너무 하고 싶었어! 너 이름이 뭐야?"라고 물었다. 그런데 그 한국 아이는 "I'm not Korean. I'm American"이라고 차갑게 말하며 나를 스쳐 지나갔다.

그 아이는 한국인 교포 부모에게서 태어나 아기 때부터 지금까지 미국 밖으로 한 번도 나가보지 않은, 미국 땅에서 영어를 쓰며 자란 '완벽한' 미국인이었다. 내가 생긴 건 러시아 사람이지만 아기 때부터 한국 땅에서 한국말을 쓰며 자란 '완벽한' 한국인인 것처럼 말이다. 그래서 나는 그 아이의 그런 반응이 이해되기도 했지만 조금은 씁쓸했다.

나는 학교에서 외톨이로 지냈다. 영어 실력이 조금 늘기는 했지만 일부러 영어를 느슨하게 배웠다. 한국말을 잊어버릴까 봐 걱정됐기 때문이다. 나는 이곳 사람들이 싫었다. 내가 당연히 영어를 할 줄 알 거라고 생각하며 말을 걸어오는 꼴이 짜증 났다. 아마도 내 머리가 노란 탓이라는 생각이 들어서 한국인 여자에게 머리를 까맣게 염색하고 싶다고 했다. 하지만 여자는 항상 취해 있었고 항상 울고 있었다. 내 머리색에 대한 깊이 있는 토론 같은 걸 할 여유가 없었던 것이다.

그래서 나는 미국인 남자에게 고민을 털어놨다. "I want to change my hair color." 미국인 남자 역시 언제나 취해 있기는 마찬가지였지만, 한국인 여자보다는 조금 나았다. 남자는 내게 머리색을 바꾸고 싶은 이유를 물어봤기 때문이다. 나는 이렇게 대답했다. "I am Korean. All Korean has black hair(나는 한국 사람이에요. 한국 사람들은 머리카락이 까매요)."

그날 남자는 내게 미국 국가를 가르쳤다. 남자가 한 소절을 부르면 그대로 따라 불러야 했다. 제대로 따라 부르지 못하면 미국인 남자는 왕돈까스만 한 손바닥으로 내 얼굴을 때렸다. 나는 남자에게 '원래 음치라서 노래를 못해요'라고 말하고 싶었지만 손바닥이 정신없이 날아와서 그럴 새가 없었다. 나는 '울음'과 '엇박자'와 '음 이탈'과 '엉터리 영어 발음'을 뒤섞어서 노래를 불렀다. 몇 시간 후 어설프게나마 미국 국가를 완전히 부를 수 있게 되자 남자는 내 볼에 긴 뽀뽀를 해주었다. 그렇게 그날 나는 Great American, 위대한 미국인이 되었다.

한국인 여자가 집에 들어오지 않는 날이 많아졌다. 그리고 미국인 남자는 매일 집에 있었다. 남자는 더 이상 부대에 출근하지 않았다. 이유는 모르겠지만 남자는 항상 화가 나 있었다. 남자는 집에서 술을 많이 마셨다. 나와 미국인 남자 둘만 집에 있는 시간이 많아졌다.

어느 날부터인가 미국인 남자는 다정하게 굴기 시작했다. 남자는 듣기 좋은 말을 내뱉었고, 나를 자꾸 칭찬했다. 내가 엉터리로 미국 국가를 불러도 박수를 치며 좋아했다. 남자는 내 머리를 부드럽게 쓰다듬어줬고, 발과 다리를 주물러줬다. 나를 자기 무릎에 앉히고 TV를 보며 다정한 목소리로 미식축구 룰을 가르쳐주기도 했다. 나는 태어나서 그런 관심을 처음 받아봤기 때문에 매일매일 행복했다.

그러던 어느 날 밤, 남자는 내 옷을 벗겼다. 그리고 자기 옷도 벗었다. 그리고 이것저것을 하라고 시켰다. 남자는 이것이 '놀이'라고 했다. 나는 그 놀이를 할 때면 마음이 불편했다. 하지만 남자가 나에게 실망할까 봐 억지로 했다. 나는 미국인 남자에게 사랑받고 싶었기 때문이다.

어느 순간부터는 놀이가 두려워졌다. 나는 본능적으로 이 놀이가 해서는 안 되는 짓임을 깨달았다. 그래서 거부했다. 다정하게 굴던 남자는 내가 놀이를 거부하면 나를 때렸다. 그럴 때면 맞아도 하나도 아프지 않았다. 맞는 것보다도 또다시 기이한 놀이를 해야 한다는 두려움이 더 컸기 때문이다. 하지만 나는 나를 때리는 미국인 남자가 밉지 않았다. 오히려 놀이를 두려워하는 내 자신이 미웠다. 모든 게 내 잘못 같았다.

용서할 순 있어요, 잊지는 못해요

어느 날, 미국인 남자는 몸집이 작고 피부가 까무잡잡한 젊은 여자를 데리고 왔다. 여자는 자기가 필리핀 사람이라고 말했다. 그러면서 "내가 여기 있는 걸 아무한테도 말하면 안 돼"라고 내 귀에 속삭였다. 내가 이유를 묻자 필리핀 여자는 자신이 미국에 있는 건 불법이고, 이 사실을 들키면 필리핀 으로 쫓겨날 거라고 설명했다.

나는 그 얘기를 듣고 나도 한국으로 쫓겨나면 좋겠다고 대답했다. 여자는 "미국만큼 살기 좋은 나라가 없는데 왜 돌 아가고 싶니?"라고 물었다. 나는 놀이 때문이라고 말하고 싶 었지만 결국 아무 말도 하지 못했다.

필리핀 여자는 미국인 남자의 집에서 청소를 하고 빨래를 하고 음식을 만들었다. 그리고 미국인 남자의 시중을 들었 다. 나는 여자에게 혹시 '노예'냐고 물었는데 필리핀 여자는 눈을 동그랗게 뜨며 "미국에서는 그 단어를 내뱉으면 절대 안 된다"며 나를 꾸짖었다. 인종과 역사 문제 때문이라고 했 다. 항상 다정하게 굴던 여자가 나를 무섭게 혼내자 마음이 팍 상했다. 그날 나는 내 방으로 들어가 일기를 썼다. '노예에 게 마음을 주면 상처를 받는다.'

미국인 남자는 필리핀 여자가 잠든 사이에 자주 내 방을 찾아왔다. 그리고 놀이를 시작했다. 그럴 때면 비명을 지르며 필리핀 여자를 깨우고 싶었지만 이상하게도 소리가 나오지 않았다.

나는 점점 살이 빠졌다. 그리고 말을 잃어갔다. 필리핀 여자는 그런 나를 걱정하며 밥을 많이 먹어야 한다고 말했다. 여자는 필리핀 음식들을 잔뜩 만들어줬다. 처음에는 이상한 향신료 냄새가 나는 그 음식들을 좋아하지 않았지만, 먹다 보니 맛있게 느껴졌다. 적어도 치즈와 기름과 밀가루로 범벅된 미국 음식보다는 나았다.

여자는 요리를 하며 필리핀에 대해 이것저것 말했다. 여자는 "필리핀 사람은 항상 미소를 짓고 있다"고 자랑스럽게 말했다. 나는 필리핀 사람은 모두 행복해서 그런 것이냐고 물었고 여자는 아니라고 말했다. 필리핀에서의 삶은 비참하다고 했다. 하지만 행복과 미소는 연관 관계가 없다고 했다. 그 둘은 독립적인 것이라고 했다. 나는 그 말이 이해되지 않았다. 행복해야 웃음이 나오는 게 아닌가? 나는 여자가 멍청하다고 생각했다.

필리핀 여자는 정말로 항상 미소를 짓고 있었다. 나는 그 여자의 그런 모습이 바보 같아 보이기도 했지만 가끔은 부럽

기도 했다. 나는 그렇게 환한 미소를 지을 수 없었기 때문이다. 나는 여자가 미소를 잃은 모습을 딱 한 번 본 적이 있는데, 미국인 남자와 내가 놀이를 하는 광경을 들켰을 때였다.

그날, 방문을 열고 우리를 본 필리핀 여자는 신기한 표정을 지었다. 나는 아직도 여자의 얼굴을 기억한다. '악마의 일그러진 얼굴.' 여자는 꼭 다른 사람 같았다. 나는 한 사람의 얼굴이 그렇게 달라질 수 있다는 사실에 놀랐다. 여자는 손에 쥐고 있던 빗자루로 남자의 얼굴을 내리쳤다. 남자의 이빨 세 개가 빠졌다. 나는 바닥에 떨어진 남자의 이빨을 홀린 듯이 바라봤다. 그 이빨들은 내 시선을 붙들고 오랫동안 놓아주지 않았다.

집에 경찰이 찾아왔다. 경찰은 미국인 남자를 무릎 꿇리고 수갑을 채웠다. 나는 그 광경을 바라만 보고 있었다. 곧 부드러운 얼굴을 가진 미국인 여자 경찰관이 나에게 다가와 이렇게 중얼거렸다. "이제 괜찮을 거야. 다 괜찮을 거야…." 그 말은 내가 아니라 꼭 경찰관 자신에게 하는 말 같았다. 나는 대체 뭐가 괜찮다는 건지 맥락을 이해할 수 없었지만 이상하게도 그 말을 듣자 마음이 스르륵 풀리는 기분이 들었다. '다 괜찮을 거야.'

필리핀 여자는 울음을 터트리며 나를 끌어안았다. 그러면서 미안하다고, 미안하다고… 정말로 미안하다고 반복해서 중얼거렸다. 나는 여자가 왜 그토록 미안해하는지 이해할 수 없었다. 경찰관 여자도 그렇고 필리핀 여자도 그렇고, 나는 알아듣지도 못하는데 자기들이 하고 싶은 말만 내뱉고 있었다. 어른들은 언제나처럼 자기들 멋대로 구는구나 싶었다.

필리핀 여자는 자신이 불법 체류자라는 걸 들킬 각오를 하고 경찰에 신고했다고 말했다. 여자는 필리핀으로 돌아가기 싫지만, 그 비참한 삶으로 돌아가기가 정말 싫지만 나를 구해낼 수 있어서 다행이라고 말했다. 여자는 나를 끌어안고 내 볼을 하염없이 쓰다듬었다. 여자의 품 안에서 나는 강아지가 된 기분이었다.

여자는 48시간 안에 짐을 싸서 필리핀으로 돌아가야 한다고 했다. 나는 나도 그곳으로 따라가도 되냐고 물었다. 여자는 나를 데려가고 싶지만 그럴 수 없다고 했다. 그러면서 울었다. 계속 울기만 했다. 나는 필리핀 사람은 언제나 미소를 짓지 않느냐고 묻고 싶었지만 그러지 않았다.

곧 나는 어떤 미국인 가족과 함께 살게 되었다. 경찰관은 그곳이 '위탁 가정'이라고 했다. 그 미국인 가족은 뚱뚱한 아줌마와 더 뚱뚱한 아저씨, 그리고 말라비틀어진 삼 남매, 이렇게 다섯 명으로 이뤄져 있었다. 아줌마와 아저씨는 친절했지만 삼 남매는 그렇지 않았다.

그 아이들은 "너를 먹여주고 재워주면 우리가 돈을 받기 때문에 네가 여기 있는 것일 뿐이다, 너는 우리 가족이 아니다"라고 말했다. 맞는 말이었다. 나는 딱히 반박할 필요성을 느끼지 못했기 때문에 대꾸하지 않고 가만히 있었는데 그게 그 아이들의 화를 돋운 모양이었다.

삼 남매는 아줌마와 아저씨의 눈길을 피해 나를 괴롭혔다. 어느 날엔가는 그 아이들이 내 시리얼 그릇에 몰래 주방세제를 넣었다. 시리얼을 먹던 내 입에서 거품이 방울방울 흘러나오자 삼 남매는 킥킥대며 즐거워했다. 나는 이 집에서 영원히 살게 될까 봐 두려웠다.

열여섯 번째 생일로부터 몇 달이 지난 후 한국인 여자가 내 앞에 나타났다. 여자는 예전보다 훨씬 아파 보였고 늙어 보였다. 여자는 나에게 같이 한국으로 돌아가자고 했다. 나는 여자를 만난 게 반가워서, 아니, 삼 남매에게서 벗어날 수 있다는 게 기뻐서 눈물을 찔끔 흘렸다.

한국으로 돌아온 여자와 나는 경기도에서 살게 되었다. 나는 우리가 왜 예전처럼 서울에 살지 않느냐고 물었다. 그러자 여자는 서울은 집값이 비싸다고, 우리는 돈이 없다고 말했다.

그렇게 우리는 안산의 한 빌라에 살게 되었다. 여자는 내가 한국 나이로 열일곱 살이라서 봄이 되면 안산고등학교에 다녀야 한다고 했다. 나는 그 얘기를 듣고 흥분을 감출 수 없었다. 학교! '한국 애들'과 '한국말'로 떠들 수 있는 곳! 급식으로 '샌드위치와 우유'와 아닌, '미역국에 김치'가 나오는 '한국' '고등학교'! 나는 신이 나서 교복은 언제 사러 가냐고 한국인 여자에게 물었다. 여자는 돈이 없다며 내가 직접 돈을 벌어서 교복을 사야 한다고 했다. 나는 그 대답을 듣고 조금 실망했지만 '그까짓 교복, 내 돈으로 사지 뭐' 하고 생각했다.

나는 닭발집에서 배달 알바를 시작했다. 오토바이는 어렵지 않게 배울 수 있었다. 문제는 배달이 너무 많았다는 거다. 그 집은 안산에서 맛집으로 소문난 '뼈 없는 불닭발' 집이었는데 하루에 주문이 많게는 200개씩 들어왔다.

배달이 밀리면 사장은 나에게 욕을 했다. "느려 터진 양놈자식, 잘라버리든가 해야지"라고도 했다. 손님들도 나에게 욕을 했다. 어느 날엔 "이렇게 늦게 올 거면 돌아가라"며 내 얼굴에 닭발을 집어 던진 아저씨도 있었다. 그날 밤 내내 볼이 화끈거렸다. 매운 양념이 묻어서 그런 건지, 화가 나서 그런 건지, 닭발에 맞은 게 창피해서 그런 건지 정확한 이유는 알 수 없었다.

닭발집 사장은 내가 미성년자이고 무면허 오토바이 운전자라는 사실을 들먹이며 최저시급도 안 되는 돈을 줬다. 억울했지만 어쩔 도리가 없었다. 나는 교복을 사야 했고 학비를 내야 했고 급식비를 내야 했다. 나는 학교에 무척 다니고 싶었다. 그 겨울, 나는 오토바이로 빙판길을 달리다가 총 세 번 넘어졌다. 길바닥에 쏟아진 닭발 값은 모두 내 월급에서 깎였다.

한번은 크게 넘어져서 병원을 가야 했는데, 팔뼈에 금이 가서 엑스레이와 깁스 비용으로 33만 원을 내야 했다. 나는 병원비를 듣고 기겁했다. 카운터에 앉아 있던 직원은 내가 국민건강보험에 가입되어 있지 않아 나라의 지원을 받지 못해서 병원비가 많이 나온 거라고 설명해줬다. 아파도 그냥 버틸걸 싶었다. 나는 그날, 아프다는 이유로 겁도 없이 병원에 제 발로 걸어 들어간 걸 후회했다.

내가 알바를 끝내고 새벽에 들어오기 시작하자 한국인 여자는 나에게 다정하게 굴었다. 그러다가 어느 날부터 나에게 5000원, 아니면 만 원을 빌려달라고 했다. 소주를 사 먹어야 한다고 했다. 나는 여자에게 돈을 줬다. 점차 여자가 요구하는 액수가 커지기 시작했다. 5000원은 5만 원으로, 만 원은 10만 원이 되었다. 액수가 커질수록 나를 대하는 여자의 태도는 비굴해졌다. 나는 여자가 빌빌대는 모습을 볼 때면 기분이 조금 좋아지기도 했다.

여자가 부르는 액수가 10만 원에서 20만 원이 되던 날, 나는 여자에게 화를 냈다. 여자는 그런 나를 보며 울었다. 내가 너를 어떻게 키웠는데, 라고 울부짖으며 누군가에게 돈을 갚아야 한다고 사정했다. 나는 지갑에서 20만 원을 꺼내 바닥에 던지며 물었다. "내일 학교 입학식인데 올 거야?" 여자는 바닥에 떨어진 돈을 허겁지겁 주워 들며 당연히 갈 거라고 말했다. 그리고 당연한 듯 오지 않았다.

나는 헐렁한 교복을 입고 운동장에 서서, 창백한 얼굴의 스베트라나를 떠올렸다. 스베트라나를 그리워하다 죽은 한국인 남자를 떠올렸다. 빗자루를 내리치던 필리핀 여자를 떠올렸다. 수갑이 채워진 채 무릎을 꿇고 있던 미국인 남자를 떠올렸다. 그리고 바닥 위에 떨어진 미국인 남자의 이빨을 떠올렸다. 나는 오래도록 그 이빨을 떠올렸다.

용서할 순 있어요, 잊지는 못해요

노루발장도리

세르게이가 쓴 자서전의 뒷부분은 찢겨나가고 없었다. 찢긴 종이의 흔적을 보니 얼추 수십 페이지는 뜯겨나간 것 같았다. 나는 숨을 헐떡였다. 뒷부분이 궁금해서 마음이 조급했다.

나는 열람실을 빠져나와 도서관 사서에게 다가갔다. 사서는 명성황후와 무언가를 속닥이며 낄낄대고 있었다.

"아저씨, 아니 오빠, 이거, 책이 뭐 이래요? 여기 봐요. 찢겨 있잖아요. 뒷부분 어디 있어요?"

사서는 미간을 찌푸렸다.

"원래 없었어."

나는 그 말을 믿지 않았다.

"아 됐고, 얼른 제대로 된 버전으로 줘요. 현기증 나니까."

사서는 머리카락을 손으로 쓸어 올리며 실실 웃기만 했다.

그 순간 나는 사서의 팔뚝에 새겨져 있던 두 마리의 아기 사자 문신이 어른 사자로 변해 있는 걸 발견했다. 갈기가 펄럭이는 수컷 사자와 암컷 사자였다. 어떻게 사자들이 성장했는지 묻고 싶었지만 그럴 여유가 없었다. 나는 초조하게 세르게이의 자서전을 만지작거렸다.

"세르게이가 이 책을, '자기가 쓴 자서전'을 저한테 빌려주라고 했다면서요. 분명히 뒷부분에 자기가 지금 어디에 있는지 써놨을 거예요. 얼른요, 세르게이 찾으러 가야 돼요."

사서는 그런 나를 이상하다는 듯 쳐다봤다.

"세르게이를 왜 찾아야 하는데?"

나 대신 명성황후가 시큰둥한 목소리로 대답했다.

"고백하러 갈 거래요."

그 얘기를 듣자 사서의 표정이 짓궂게 변했다.

"신세대들이란… 정말 당당하구나. 나 때는 말이야, 고백 같은 건 생각도 못 했어. 그냥 속으로 끙끙 앓으면서 좋아하기만 했지. 너희들처럼 당당하게 '나 너 좋아해!'라고 말 못 했어. 내 첫사랑은 말이야, 같은 동네…"

"고백하러 가는 게 아니라 구하러 가는 거예요. 걔가 자기 구해달라고 편지 보냈거든요. 오각박사인지 육각박사인지, 이상한 사람한테 붙잡혀 있다고."

나는 사서의 닳고 닳은 이야기가 시작되려는 걸 쏙닥 자르고 다다닥 쏘아붙이면서 헛소리를 주절거린 명성황후를 째

노루발장도리

려봤다. 사서는 첫사랑 이야기를 마저 하지 못해 조금 실망한 표정이었다.

"어, 그렇구나…. 근데 말이지, 정말로 그 책 뒷부분은 원래 없었어. 어쩔 수 없네. 여기, 네가 맡긴 담보물 돌려줄게."

나는 '대출 규정 3. 도서 분실 손해를 담보하기 위해 대여자 본인이 직접 훔친 물건 하나를 보증 명목으로 사서에게 맡겨야 함'에 해당하는 담보물을 돌려받았다.

내가 맡긴 물건은 '노루발장도리' 두 개였다. 한쪽엔 망치, 다른 한쪽엔 못을 뽑는 쇠지레가 달려 있는 이 장도리는 명성황후와 함께 이곳으로 오는 길에 펜션 공사장에서 훔친 물건이었다.

나는 사실 노루발장도리가 아니라 타정기를 훔치고 싶었다. 내 손에는 아직 못에 대한 감각이, 우럭과 광어를 쏴 죽인 파괴의 감각이 남아 있었기 때문이다. 하지만 아쉽게도 타정기는 없었다.

나는 거대한 원목 테이블 위에 놓여 있는 장도리를 가만히 지켜보다가 이렇게 물었다.

"세르게이도… 여기서 책 빌릴 때 담보물 맡겼어요? 걔는 뭐 맡겼어요?"

사서는 한숨을 푹 쉬더니 이렇게 말했다.

"그거… 네가 가질래? 제발 좀 가져가라."

나는 놀라서 물었다.

"세르게이가 담보물 안 찾아갔어요?"

"응. 아직 여기 있어, 도서관 뒤에."

명성황후와 나는 사서를 따라 도서관 건물 뒤편으로 향했다. 그곳에는 울타리가 쳐진 작은 축사 같은 것이 있었는데, 울타리 안쪽 까만 진흙 위에 흑돼지 두 마리가 꾸벅꾸벅 졸고 있었다.

"저놈들이 바로 세르게이가 맡긴 담보물이야. 흑돼지 농장에서 훔쳤대. 원래는 세 마리였는데, 한 마리는 동네 아저씨들이 먹어 치웠어. 그놈이 제멋대로 울타리를 빠져나갔거든."

나는 흑돼지 똥 냄새를 맡으며 이런 고약한 냄새가 나는 놈들이 어떻게 그토록 맛있어지는 걸까 궁금했다. 그 순간, 세르게이의 2회차 인생이 문득 떠올랐다. '돼지 두 마리를 훔쳐 사형당했던 볼리비아 농부'의 인생을. 어쩌면 세르게이에게는 돼지를 훔치는 것이 가장 익숙하면서도 편한 방법이었을지 모른다.

"언니, 한 마리씩 먹을까?"

명성황후는 돼지들을 보며 군침을 흘렸다. 나는 아이폰을 사준 이후로 꼬박꼬박 '언니'라고 부르는 명성황후가 못마땅했다. 이 여자애도 자본주의가 낳은 괴물 중 하나임이 분명했다. 나는 얼굴을 찌푸리고 말했다.

"너나 먹어."

사서는 상반된 표정의 우리를 바라보며 초조하게 말했다.

"얘네 좀 제발 가져가라. 사료 먹이고 똥 치우느라 힘들어 죽겠어. 세르게이 친구라고 했으니까 네가 책임져. 저기 쭈그리고 있는 애가 '사순'이고, 저기 눈 감고 있는 애가 '귀곱'이야. 세르게이가 붙인 이름이야."

나는 흑돼지들에게 이름까지 붙인 세르게이가 넋 빠진 놈이라는 생각이 들었다.

"이름이 왜 그따위예요?"

궁금해서 물은 게 아닌데 사서는 불필요한 설명을 친절하게 내뱉었다.

"'사순'은 '사려 깊은 순대국'이라는 뜻이고, '귀곱'은 '귀여운 곱창'이라는 뜻이야."

나는 돼지들의 비극적 운명을 암시하는 잔인한 작명에 경악했다. 반면 명성황후는 '그것 참, 이름 하나 잘 지었네' 하는 표정으로 돼지들을 지켜보고 있었다. 그걸 보고 있자니 어쩌면 세르게이와 이 여자애는 환상의 커플이 될지도 모른다는 생각이 들었다. 인연은 따로 있는 건가?

명성황후와 나는 노루발장도리를 하나씩 나눠 들고 도서관을 빠져나왔다. 우리가 떠나는 순간까지도 사서 오빠는 흑돼지를 데려가라고 호소했지만 들은 척도 하지 않았다.

도서관 앞 내리막길을 내려가고 있는데 명성황후가 물었다.

"언니, 세르게이 오빠가 쓴 책 다 읽었어? 무슨 내용이야? 그 책에 나도 나와?"

명성황후의 눈이 기대감에 빛나고 있었다. 나는 크로스백에서 책을 꺼냈다.

"네가 직접 읽어봐. 아까 훔쳐 왔어."

나는 '도둑을 위한 도서관'을 통해 내가 진정한 도둑이 되었다는 걸 깨달았다. 본능적으로, 그리고 습관적으로 물건을 훔치기 시작한 것이다. 옳은 방식이든 아니든, 어떤 식으로든 '성장'이라는 걸 한 내 자신이 뿌듯했다.

명성황후는 길가에 주저앉아 세르게이가 쓴 책을 읽었다. 나는 그 옆에서 노루발장도리를 의미 없이 허공에 휘두르며 시간을 보냈다. 어디에 가면 세르게이를 찾을 수 있을지, 혹시 그 책 내용 중에 어떤 힌트 같은 것이 있있는지 곰곰이 생각해봤지만 아무래도 뒷부분을 읽어야 뭔가 알아낼 수 있을 것 같았다.

얼마쯤 지나 명성황후가 굳은 표정으로 부스스 일어났다. 나는 명성황후가 자서전에 대한 어떤 소감 같은 것을 얘기할지도 모른다는 생각에 잠자코 있었다. 하지만 명성황후는 입을 열지 않았다. 어쩌면 자서전 내용에 충격을 받은 건지도 모른다.

"내 얘기는 안 나오네."

명성황후는 길에서 받은 시시한 전단지를 던져버리듯 나에게 자서전을 휙 건넸다. 나는 헛웃음을 터트렸다. 그러자 명성황후가 물었다.

"뭐가 웃겨?"

나는 허탈한 웃음을 지나 낄낄거리는 수준에 다다랐다. 한참을 웃고 나서 내가 말했다.

"웃기니까 웃지."

명성황후의 얼굴이 일그러졌다. 직감적으로 내 웃음이 비웃음이라는 걸 눈치챈 듯했다.

"명성황후, 너는 그걸 읽고도 네 얘기를 했나 안 했나가 중요해? 그거 읽으면서 느낀 게 그것밖에 없어?"

내 목소리가 가늘게 떨렸다. 말하면서도 '어어, 왜 이러지? 왜 목소리가 떨리지?' 싶어서 당황스러웠다. 명성황후는 나를 흘낏 보고는 입을 삐죽이다가 이렇게 말했다.

"무슨 반응을 원해? 그 오빠가 불쌍하다, 이런 반응을 원했어? 뭘 느꼈냐고? 그래서 뭐, 독후감이라도 써줄까?"

나는 이 어린놈의 자식이 한심했다.

"걔가 불쌍할 게 뭐 있냐. 더 불쌍한 애들, 세상천지에 널리고 깔렸는데. 불쌍하다고 생각할 거 없어. 그런 거 바라고 물어본 거 아니야."

거짓말이었다. 나는 그런 걸 바라고 물었다. 나는 세르게이가 이 세상에서 제일 불쌍하다고 생각했기 때문이다. 하지만 명성황후를 한심하게 여길 것도 없었다. 나 역시 세르게이가 불쌍하다고 소리 내서 말하지 못했으니까. '불쌍하다'는 말을 내뱉는 순간 세르게이의 인생이 정말로 불쌍해질 것 같았다. 말이라는 것에는 이상한 힘이 있기 때문이다.

그때, 명성황후가 길가에 서 있던 흰색 자동차의 운전석 창문을 노루발장도리로 찍어 내렸다. 유리에 쩍 금이 갔다. 명성황후는 노루발처럼 생긴 쇠지레 부분으로 바꿔 쥐고는 다시 유리를 향해 장도리를 휘둘렀다. 곧 유리가 깨지더니 우두둑 쏟아져 내렸다. 나는 그런 명성황후를 가만히 보고만 있었다.

"언니, 뭐 해. 안 깰 거야?"

명성황후가 고개를 홱 돌리며 물었다. 그 말은 '당연히 해야 할 일을 왜 하시 않으냐'는 질책 같았다. 나를 바라보는 명성황후의 눈빛은 공허해 보이기도 피곤해 보이기도 했지만, 그 눈빛 안에는 어떤 단호함이 존재했다.

나는 그 눈빛에 홀린 것처럼 장도리를 휘둘렀다. 뒷좌석 유리창이 깨졌다. 우리는 파괴된 자동차를 말없이 바라봤다. 그 황폐한 풍경은 보기에 썩 괜찮았다. 우리는 곧 누가 먼저랄 것도 없이 깨부술 다른 차를 찾아 걸음을 재촉했다.

노루발장도리

돌담길을 따라 내려오며 자동차 유리창을 계속 부쉈다. 어떤 차에서는 삐용삐용 경고음이 울렸고, 어떤 차에서는 울리지 않았다. 경고음이 울리자 사람들이 오면 어쩌지, 잡히면 어쩌지 싶어서 조금 걱정됐다. 하지만 내 크로스백 안에는 5000만 원이 있었기 때문에(정확히는 4798만 원이다. 호텔비, 교통비, 그리고 명성황후에게 140만 원짜리 핸드폰을 사줬기 때문이다) 이 돈으로 물어주면 된다고 생각했다. 그러자 마음이 가벼워졌다. 사람들이 길가의 자동차를 부수지 않는 건 가방에 5000만 원이 없기 때문일 거다.

우리는 수십 대의 자동차 유리를 노루발장도리로 부숴버렸다. 가끔은 자동차 안에 있던 물건을 훔치기도 했다. 나는 흰색 아우디에서 구찌 선글라스를 훔쳤다. 선글라스에서 짙은 화장품 냄새가 나는 걸 보니 이 차의 주인은 여자인 것 같았다.

"나 어때?"

나는 선글라스를 쓰고 명성황후에게 물었다. 아이는 시큰둥한 얼굴로 대답했다.

"후진데."

나는 그 말이 거짓말이라고 단정했다. 사이드미러로 선글라스를 쓴 나를 바라보니 꽤 멋졌기 때문이다. 태어나서 처음으로 선글라스를 껴본 거라 조금 흥분됐다.

"나 어때?"

저 멀리서 명성황후가 선글라스를 낀 채 나에게 소리쳤다. 아까 나한테 후지다고 한 건 자기도 선글라스를 끼고 싶어서, 질투가 나서 그런 게 분명했다. 칙칙한 회색 개량한복을 입고, 슬리퍼 사이로 삐져나온 발에는 까만 때가 꼬질꼬질하고, 어울리지도 않는 커다란 선글라스를 쓰고 삐딱하게 서 있는 명성황후를 보니 피식 웃음이 나왔다. 짜식, 볼수록 귀엽단 말이야. 정들면 안 되는데 큰일이네. 나는 큰 소리로 대답했다.

"야, 완전 구려!"

명성황후가 입을 삐죽였다.

우리는 선글라스를 낀 채로 돌아다니며 노루발장도리를 닥치는 대로 휘둘렀다. 처음에는 자동차 유리창만 깼지만 나중에는 사이드미러도 깼다. 우리는 누가 먼저 사이드미러를 날려버리나 내기를 하기도 했다. 얼마 지나지 않아 자동차를 부수는 일이 시시해졌다. 우리는 장도리로 부술 것을 찾아 주변을 두리번거렸다. 마땅한 것이 없어서 초조해졌다.

그때, 현무암 돌을 쌓아 만든 돌담이 눈에 들어왔다. 나는 돌담 벽을 망치로 때렸다. 사이사이에 틈이 나 있는 게 대충 쌓아 올린 돌담처럼 보였는데 예상외로 꿈쩍도 하지 않았다. 나는 당황해서 중얼거렸다.

"뭐야, 이것들은."

"언니, 비켜봐. 내가 해볼게."

명성황후가 장도리를 휘둘렀다. 역시나 돌담은 꿈쩍도 하지 않았다. 우리는 돌담 앞에 쭈그리고 앉아 뜬금없이 돌담의 구성 원리를 탐구하기 시작했다. 시멘트나 본드 자국도 없는데 어떻게 이렇게 단단히 붙어 있는 걸까? 나는 돌담을 손으로 문질러봤다. 까만 돌의 거친 질감이 그대로 느껴졌다. 이걸로 발바닥을 밀면 굳은살이 잘 벗겨지겠구나 하는 생각이 들었다. 돌담 사이사이에 나 있는 구멍을 향해 눈을 들이밀자, 저 멀리 무언가가 보였다. 나는 돌담에서 눈을 떼고 일어서서 그 무언가를 지그시 바라봤다. 그리고 다시 쭈그리고 앉아 구멍을 통해 그것을 봤다. 그건 이상하게도 돌담 구멍을 통해 봤을 때 더 신비로워 보였다.

"야, 우리 저기로 가자."

명성황후는 쭈그리고 앉아 있던 나를 밀치고 구멍에 제 눈을 갖다 대더니 툴툴댔다.

"뭐야, 시시하게. 그냥 숲이잖아."

"그냥 숲이라니. 저기는 '소환사의 협곡'이야."

나는 빽빽하게 서 있는 나무들을 가리켰다. 그 나무들은 키가 아주 컸다. 나는 태어나서 그렇게 키 큰 나무들을 처음 봤다. 그 숲은 꼭 늑대인간이나 엘프들이 숨어 사는 비밀의 숲처럼 보였다.

명성황후와 나는 숲속으로 들어갔다. 우리는 손에 노루발 장도리를 든 채 무성한 나뭇가지를 헤치며 말없이 걸었다. RPG 게임 속에 들어와 모험을 하는 기분이 들었다. 나는 길드의 '전사', 명성황후는 '도적', 장국영 아저씨는 '마법사'…. 하지만 길드의 식탐 많은 마법사는 소멸해버리고 말았다.

아저씨를 떠올리자 갑자기 마음이 무거워졌다. 명성황후가 깝죽대거나 툴툴대기라도 하면 짜증이 날 것 같았다. 나는 순식간에 예민해져서 아무 잘못 없는 명성황후를 괜히 못마땅한 눈으로 쳐다봤다. 다행히 명성황후는 아무 말 없이 걷기만 했다. 그래서 나도 아무 말 하지 않았다.

하늘이 보이지 않을 정도로 나무가 무성했다. 나뭇가지와 나뭇잎이 햇빛을 가려서 숲속은 흐린 날의 저녁처럼 깜깜했다. 나는 자연이 만들어낸 대낮의 어둠 속을 걸으며 세르게이의 N회차 인생을 순서대로 떠올렸다.

세르게이의 첫 번째 삶은 일개미였고, 두 번째 인생은 돼지를 훔쳐 사형당한 볼리비아 농부, 세 번째 인생은 소년들을 성추행한 천주교 신부, 네 번째 인생은 정체불명의 살인마에게 살해된 기자…. 그리고 다섯 번째 인생, 문제적 인간 세르게이. 용서할 수는 있지만 잊을 수는 없는 상처를 가진 아이.

노루발장도리

나는 불행하기로는 우열을 가릴 수 없는 다섯 개의 인생을 천천히 곱씹어봤다. 그 다섯 인생은 묘한 방식으로 연결되어 있는 것 같았다. 나는 숲속을 걸으면서 추리를 해나갔다. 그리고 결국 해답을 찾아낼 수 있었다.

그 인생들은 공통된 하나의 사실로 연결되어 있었다. 그것은 '알 수 없음'이었다. 알 수 없는 방식으로 돌아간다는 것. 그것들이 세르게이의 N회차 인생들을 관통하는 유일한 공통점이었다.

숲을 빠져나와 시계를 보니 세 시간이 지나 있었다. 이렇게 오래 걸었나 싶어서 놀랐다. 어쩌면 소환사의 협곡은 시간의 속도가 현실 세계와는 다른지도 모른다. 나는 뒤돌아서 명성황후를 봤다. 나뭇가지에 긁혔는지 볼에 빨갛게 상처가 남아 있었다.

"너, 여기 긁혔어."

나는 명성황후의 얼굴을 붙잡고 이리저리 돌려보며 다른 곳도 다쳤는지 살펴봤다. 명성황후는 평소와는 다르게 다소 곳한 표정으로 눈을 내리깔고는 얌전히 내 손에 얼굴을 맡기고 있었다.

"나도 볼에 상처 있잖아. 나처럼 흉터 안 남으려면 연고 잘 발라야 해. 시내 가면 약국부터 가자."

"언니 볼에 흉터 없는데?"

나는 그 말을 듣고 깜짝 놀랐다.

"뭐?"

명성황후는 내 얼굴을 이리저리 살펴보더니 말했다.

"아무것도 없는데? 무슨 흉터 말하는 거야?"

나는 크로스백에서 쿠션팩트를 꺼내 거울을 봤다. 정말이었다. 아무 흉터도 없었다. 상처가 있었던 흔적은 전혀 보이지 않았다. 시간이 흘러 사라진 모양이었다. 나는 거울 속 까무잡잡한 여자아이의 입꼬리가 한껏 올라가 있는 걸 바라봤다. 거울 속 아이는 나와 달리 행복해 보였다.

30분 정도 큰 도로를 걷자 저 멀리 마을 같은 것이 보이기 시작했다. 우리는 그곳으로 향했다. 마을 입구에 도착한 우리는 '종달리 마을'이라고 적힌 기다란 현무암을 바라보며 잠시 서 있었다. 명성황후가 돌을 향해 노루발장도리를 휘둘렀다. 이제 명성황후는 장도리를 휘두르는 게 아주 습관이 된 것 같았다. 돌은 미동도 없이 그 자리에 서서 우리를 비웃었다.

"짜장면 먹을래?"

내가 물었다. 명성황후는 고개를 가로저었다. 나는 깜짝 놀랐다. 짜장면을 거부하는 사람이 이 세상에 존재하다니? 짜장면을 거부하는 게 가능한 일인가?

"난 짬뽕."

명성황후가 말했다. 나는 괜히 심통이 나서 이렇게 말했다.

"짬뽕은 안 돼. 짜장면만 사줄 거야."

명성황후가 중얼거렸다.

"돈 없는 사람이 죄인이지."

우리는 노루발장도리를 아무 데나 휙 던져버리고 중국집을 찾아 나섰다.

나는 돈 없는 죄인과 함께 종달리 마을을 돌아다녔다. 그러다가 약국을 발견하고 들어가려는데 명성황후가 내 팔을 잡아끌며 막아섰다. 내가 물었다.

"왜? 연고 사준다니까, 너 볼에 바르게."

명성황후가 초조한 얼굴로 이렇게 말했다.

"연고 사줄 돈으로 탕수육 사주면 안 돼?"

나는 헛웃음을 터트렸다. 죄인 주제에 탕수육을 먹겠다니, 꽤나 대담한 발언이었다.

"연고도 사주고, 탕수육도 사줄게."

명성황후가 양손을 번쩍 들어 올리며 껑충껑충 뛰었다.

"대짜, 탕수육 대짜!"

나는 이때, 인간이라는 존재는 한번 잘해주기 시작하면 한도 끝도 없이 들이미는 존재라는 걸 깨달았다. 나는 적당히 선을 긋기로 마음먹었다.

"중짜에 짜장면. 아까 말했듯이 짬뽕은 안 돼."

우리는 입가에 짜장 소스를 묻히며 정신없이 짜장면을 먹었다. 정확히 말하자면 '먹는 게' 아니라 입에 '들이붓는' 수준이었다. 무거운 장도리를 이리저리 휘두르고 다녔으니 에너지 소모가 엄청났던 게 분명하다.

명성황후는 젓가락질 한 번에 탕수육을 두 개씩 집어 먹었다. 나는 그 꼴이 못마땅해서 이렇게 말했다.

"넌 못 배운 놈이냐? 한 번에 하나씩 먹어야지, 건방지게 왜 두 개를 먹어?"

"둥갱멍어양 덩망있엉."

명성황후가 꽉 찬 입을 우물거리며 말했다. '두 개 먹어야 더 맛있어'라는 뜻 같았다. 나는 그런 명성황후를 잠시 바라보다가 이렇게 말했다.

"너, 짜장면 같이 먹는다는 게 무슨 의미인 줄 알아?"

명성황후는 잠시 생각하다가 이렇게 대답했다.

"강장좀덩붕엉종."

간장 좀 더 부어달라는 뜻이나. 명성황후는 특이하게도 찍먹파도, 부먹파도 아니었다. 희귀종이라고 알려진 '간장파'였다(간장파는 탕수육을 간장에만 찍어 먹고 소스는 전혀 먹지 않는다). 순간 나는 성질이 나서 소스를 탕수육 위에 확 부어버렸다. 명성황후가 벌떡 일어섰다.

"밍청엉!"

미쳤냐는 뜻이다.

노루발장도리

"짜장면을 같이 먹는다는 건 '특별한 사이'라는 뜻이야."

"멍송링양."

나는 차분한 말투로 설명했다.

"얼굴에 까만 짜장 소스를 묻혀가며 추하게 먹는 모습을 보여준다는 건 쉬운 일이 아니거든. 특별한 사이에서만 가능한 일이야. 그래서 나중에 누군가와 짜장면을 먹게 되면 이렇게 생각해. '이 사람과 나는 지금, 대단한 일을 하고 있구나. 특별한 의미가 있는 일을 하고 있구나.'"

명성황후는 탕수육에 묻은 소스를 젓가락으로 긁어내려 애쓰며 말없이 듣고만 있었다. 나는 이 아이가 내 말의 속뜻을 알아들었는지 궁금했지만 묻지 않았다.

계산을 하고 중국집을 나오는데 장국영 아저씨와 짜장면을 먹지 못했다는 사실이 문득 떠올랐다. 아저씨랑 곰탕을 먹지 말고 짜장면을 먹을걸 그랬다.

자주는 아니고
가끔,

알 수 없는
이유로

나는 결국 세르게이를 찾지 못했다. 그렇게 나의 추적, 아니 모험은 실패로 끝났다. 길드는 해산됐고 퀘스트 달성은 실패했다. 그와 동시에 나의 2회차 인생이 시작되었다.

　명성황후는 진도로 돌아갔다. 명성황후는 제주도가 싫다고 했다. 음식이 맛없다는 이유였다. 명성황후는 전라도 음식이 아니면 맛없어서 못 먹겠다고 말했다. 중국산 김치를 먹는 놈치고는 건방진 말이었다. 이 아이는 처음부터 끝까지 건방졌다.

　명성황후는 진도에 가서 프로게이머가 될 거라고 말했다. 그러면서 게임용 조립식 컴퓨터를 사야 하니 100만 원을 빌려달라고 했다. 헤어질 때가 되니 괜히 마음이 너그러워진 나는 "갚을 필요 없어, 그냥 줄게"라고 말했지만 단박에 거절당

했다.

명성황후는 동기 부여가 필요하다고 했다. 게임 대회에 나가서 상금을 타면 그때 돈을 갚고 싶다고, 그날을 꿈꾸며 게임에 정진하고 싶다고 했다. 그래서 나는 100만 원을 '빌려줬다.' 명성황후는 훔친 선글라스를 쓰고는 건성으로 팔을 휙 저으며 인사를 하고 떠났다.

나는 제주도에 남았다. 나는 도둑을 위한 도서관, '기당도서관'으로 돌아가 사서 오빠에게 귀곱이와 사순이를 내가 키우겠다고 말했다. 사서 오빠는 돼지 똥에서 벗어날 수 있다는 사실에 행복했는지 거의 울 것 같은 표정을 지었다.

처음에는 돌담으로 둘러싸인 제주 전통 집을 구하려고 했다. 하지만 인생이란 알 수 없는 방식으로 돌아가기 때문에, 즉 '언제 3회차 인생을 살게 될지 모르기 때문에' 호텔에 가기로 결심했다.

나는 예전에 묵었던 성산의 호텔로 가서 5만 원권 지폐 뭉치를 프런트 카운터에 올려놓고 이렇게 말했다. "4793만 원이요. 이만큼 여기 있고 싶어요." 예전에 왔던 나를 알아본 직원이 곧장 스위트룸으로 안내해주었다. 나는 고급스럽지만 공허한 스위트룸에서 오각나라의 오각박사에게 붙잡혀 있는 세르게이를 상상했다. 알 수 없는 이유로, 알 수 없는 존재에게 붙잡혀, 알 수 없는 삶을 살고 있는 세르게이를… '나의 세르게이'를 떠올렸다. 자주는 아니고 가끔.

하지만 나는 알 수 없는 것들을 떠올릴 수 있는 능력이 없었다. 내 상상력은 허름했기 때문이다. 그래서 나는 편한 방법을 택하기로 했다. 이렇게 마음먹은 것이다. '세르게이는 소멸했다.'

세르게이는 장국영 아저씨처럼 소멸해버리고 지금 어딘가에서 6회차 인생을 살고 있는지도 몰랐다. 나는 어쩌면 존재하지 않는 '5회차 인생의 세르게이'를 찾아다닌 건지도 몰랐다. 그러자 마음이 편해지며 상상력이 솟아올랐다. 있는 존재를 그리워하는 것보다 없는 존재를 그리워하는 게 더 쉬웠다.

안개가 피어오르는 날엔 훔친 선글라스를 쓰고 호텔 방 테라스에 서서 안개 낀 풍경을 바라봤다. 선글라스는 모든 것을 어둡게 만들었다. 안개는 모든 것을 사라지게 만들었다. 그럴 때면 세르게이가 떠올랐다.

나는 그렇게, 지금은 소멸해버린 세르게이를 다시 만나서 이야기를 나누는 상상을 가끔 했다. 자주는 아니고 가끔, 안개가 피어오르는 날에.

"태어나서, 살고, 죽고… 다시 태어나서, 살고, 죽고. 그렇게 반복되는 삶을 통해서 네가 배운 건 뭐야, 세르게이?"

"배운 거? 그런 거 없는데?"

"그럼… 코 그만 후비고, 느낀 거라도 말해봐."

"음… 글쎄. 희망?"

"희망?"

"다음번 인생에는 어쩌면 행복해질 수 있을지도 모른다, 뭐, 그런 시시한 희망."

나는 그 말이 바보 같아서 웃었다.

세르게이도 그런 나를 보며 웃었다.

작가의 말

저는 이야기의 뒷부분을 알지 못한 채로 소설을 씁니다. 제가 알고 있는 것은 이야기의 첫 장면뿐입니다. 이 소설 〈세르게이의 N회차 인생〉을 쓸 때는 이야기가 진행되면서 기이한 인물들이 연달아 튀어나와 작가인 저 역시도 깜짝 놀라고 즐거웠던 기억이 납니다.

결말 역시 제가 막연히 예상했던 것과 완전히 다른 방향으로 흘러갔습니다. 등장인물들은 작가의 의지를 떠나 자신만의 생명력을 갖고 있기 때문입니다. 그들이 어느 순간부터 달려나가기 시작하면, 저는 말 그대로 허둥지둥 '뒤쫓아 가는' 수밖에 없습니다.

이 소설의 인물들이 향한 곳은 언제나 예상 밖의 장소였습니다. 그렇게 된 이유는 그들이 모험을 즐길 줄 알고, 불운과

행운을 동시에 갖고 있으며, 과감하고 솔직하게 말할 줄 알고, 현재에 집중하는 법을 알고 있기 때문이 아닐까… 저로서는 이렇게 추측해볼 수밖에 없습니다.

이 기묘한 소설을 출간해주신 서해문집 출판사와 의미 있는 청소년 문학 시리즈를 계속 만들고 계신 김종훈 편집장님, 그리고 저의 애착 편집자 쏘영 님과 성산 일출봉에게 깊은 감사를 전합니다.

2023년 겨울
이사교

작가의 말